無明からの礫

2006–2015

IMAI Masakazu
今井正和

北冬舎

無明からの礫　2006-2015❖目次

一　時評集２００６－２０１５

Ⅰ　２００６－２０１１

二　批評と書評

装丁＝大原信泉

無明からの礫

2006-2015

一　時評集2006-2015

I

2006–2011

近藤芳美と塚本邦雄　ある一つの視点から

2006年10月

昨年六月に塚本邦雄が、そしてこの六月に近藤芳美が逝去した。前者は前衛短歌の旗手として、後者は戦後短歌の牽引者として、それぞれ日本の歌壇に重きをなした歌人であった。

もちろん、時代的には近藤が先行する。近藤は、日中戦争に従軍した経験から、戦後は人間の生を高らかに詠いあげ、理性的に時代に関わっていった。

たちまちに君の姿を霧とざし或る楽章をわれは思ひき
生き行くは楽しと歌ひ去りながら幕下りたれば湧く涙かも

その近藤らは「戦後派」と呼ばれた。

その戦後派への批判の初めが、「モダニズム短歌」特集（「短歌研究」一九五一年）における塚本邦雄らだったのである(1)。日本が単独講和した九月のことである。その批判の核心は、「作品を日常生活の注釈と心得て、可視的現実の「報告」と「通知」にすぎない、とするものであった。同年、塚本は『水葬物語』を出版した。

革命歌作詞家に凭りかかられてすこしづつ液化してゆくピアノ
聖母像の乳房狙へる銃孔の中の螺旋に眼をまきこまれ

など、「液化するピアノ」や「銃孔の中にまきこまれる眼」のような「虚構」と「美」とを追求するモダニズムであり、昭和三十年代に前衛短歌の中心となっていった。

と、両者の関わりの発端をごく手短かに記したが、私には「戦後派」と「前衛」の流れを見ていて、第一次世界大戦前夜に始まったヨーロッパのダダイズムが想起されるのである。

一九一六年一月、ダダイストの代表的人物、二十歳のトリスタン＝ツァラは、その大会で、「ぼくらはしたい、ぼくらはしたい、いろいろな色の小便を」と宣言し、翌年、その機関紙に、「すべての人間よ。叫べ。達成すべき破壊と否定の大事業がある」と主張した。この文学運動は、ランボーやロートレアモンの詩を再発見し、フロイトの提唱した無意識を文学領域で実践した。

私は、戦後日本の焦土に立って、政治的革命によっては救われない民衆の生への欲動（エロス）を擁護しようとする姿を近藤の中に見たい。それは、ダダは終わったという認識から来るものであったろうか。なぜなら、反抗以外のことを考えないダダイズムは再生とは無縁であり、また人々を縛るものがイデオロギーであることを知り始めた人間にとって、国家や社会・文化への反抗がそれのみでは無力であると意識されつつあったと思うからである。そういう意味では、戦後派にはダダイズムとの連続性は稀薄である。

他方、塚本にとって、ダダから発展したシュールレアリズムとの関係は切断されていないだろう。それは、ブルトンの「心の純粋な自動現象であり、それにもとづいて口述、記述、その他あらゆる方法を用いつつ、思考の実際上の働きを表現」するものだという宣言の中に通底するものがあるように思えるからだ。そして、その表現志向の中に「諧謔」が重視されていることも、その思いを強くする理由である。

占領、そして講和後もアメリカの影響が強まり、欧米文化が浸透してゆく時代の中で、塚本は「可視的現実」のみを詠うことに危機感をもった。それは、「不信、抵抗、野望」が心の中にわきおこったからだとしているが、当時の日本の現実によってひきおこされたものであることを示唆する。「短歌研究」（前掲）から引こう。

火薬庫に近き橄欖樹林《オリーヴ》には戀のときうばはれし小鳥ら
赤い旗のひるがへる野に根をおろし下から上へ咲くヂギタリス

戦争で恋をする機会のなかった青年たちや、労働運動の広がる社会に毒草が花開いてゆく様などを独特の表現で詠った。

なお、近藤は、塚本らに対し、「幻想の中に詩を求めて行く態度、……、かうした作品がかなり広く作られて居る事実を見逃してはならない」と、翌月の「短歌研究」誌上で「心のこもつた」（塚本）言葉で応じた（2）。批判されながらも、新しく芽生える者への期待とそれを励ましとする両者の交流に、救われる思いがする。

そして、時代は半世紀経た。

塚本の最終歌集は『約翰傳僞書』（二〇〇一年）。

塚本が、最後となる歌集に、聖書から題名を採ったことは象徴的である。塚本の短歌にはキリスト教にまつわる歌が多い。まさに塚本短歌は、聖書をヒンターランドとしていたと言ってよいだろう。

そして、共観福音書でなくヨハネ書を前面に出したことも、塚本らしい。ヨハネ書の記者は、マルコ書でもなく、Q資料でもない、独自の資料によって編集した。ヨハネ書は神学的であり、反ユダヤ主義であって、冒頭の「はじめに言《ことば》があった」も、フィロンのロゴス哲学を使って、神をギリシア人に分かりやすく説くのが目的だったと言われる。「栄光のイエス」がヨハネ書の中心的テーマ（ヨハネ1‐14、8‐54、11‐4、11‐40、12‐16、12‐23等）の一つであるが、地べたに這いつくばって生きねばならない逆説的な「悲惨なイエス」こそが、『約翰傳僞書』の主題ではなかったか。

胸奥《きやうあう》の砂上樓閣・水中都市ことばこそそのそこひも知らね
黄昏の聖母廣場《プラザ・マリア》に眠りゐる緋の郵便車の引掻き傷
笹枕コルマールまで膿みただれたるイエス視に來て渇きをり

「虚構」や「諧謔」を駆使して塚本が追い求めた「美」が、何故に聖書に向かっていったのか、これから解き明かされるべき「謎」でもある。

他方、近藤の最終歌集は『岐路』（二〇〇四年）。

あくなかりし戦争大量殺戮の後に来る未来二〇〇〇年の明く

テロリズムに加担するか文明の側に立つか問う単純のすでに仮借なく

いつも近藤の訴えが痛切に感じられるのは、希望を失わずに進むしかない人間の生を肯定的にとらえようとした、苦悩の末のその思惟の奥深さから来るのだろうか。それは半世紀前の『埃吹く街』（一九四八年）の作品群が、今でも心に響いてくるのと同様である。

近藤が詠おうとしたのは、現象としての「可視的現実」ではなく、さらにその奥にある歴史や人間の本質であろう。そして時代から逃れられない人間にとって、歴史とは、戦争とは、という問いが常に突きつけられていることをくり返し述べていた。そこには荒涼とした世界が広がっており、それを冷徹に見つめることが、近藤の文学に対する態度だったと言えよう。

近藤芳美と塚本邦雄、二人が残した遺産をどう継承し発展させてゆくか、私たちの目の前にとてつもなく大きな課題が突きつけられている。

注（1）　篠弘『現代短歌史Ⅱ』（短歌研究社）Ｐ18

（2）　同　Ｐ176

性の歌の系譜

2007年1月

岡崎裕美子の歌集『発芽』が出て、一年経とうとしている。この歌集の性愛の作品が多くの人の注目するところとなった。その中でも話題となった歌が帯文にもなっている。

したあとの朝日はだるい　自転車に撤去予告の赤紙は揺れ

「した」が性愛を指していることは明白だが、このような性をモチーフにした歌は、岡崎によって突然、生み出されたわけではない。しかし、この歌集は性の歌の系譜に一つのエポックを画すように思われる。

そもそも、女性がその女性性を言挙げする時、多くの男性たちの否定的反響を呼びおこすものである。その良い例が、明治四十四年の「青鞜」の発刊であろう。平塚らいてうに対して、男性知識層からは「女権論者は無益な運動を開始する前に、生殖器の交換に就て外科医に相談した方が賢明である」とか、「平塚は両性なり。両性とは男女両種の生殖器を具えた謂である」とかの侮辱的な攻撃が浴びせられた。

これは明治時代の出来事であるが、男性たちの意識の水準はこの程度のまま戦後へと持ち越されたのである。戦後、新憲法の制定により男女同権が認められたが、男性たちの意識が革新されたわけではなかった。ましてや、歌壇は封建的な残滓を残す場でもあった。だから、昭和二十九年四月、中城ふみ子が「乳房喪失」で「短歌研究」の特選となった出来事は衝撃以外の何物でもなかったろう。

われに似しひとりの女不倫にて乳削ぎの刑に遭はざりしや古代に
失ひしわれの乳房に似し丘あり冬は枯れたる花が飾らむ
唇を捺されて乳房熱かりき癌は嘲ふがにひそかに成さる

この直後の同誌上で有力歌人の多くが指摘しているのは、誇張と素材主義への偏りであるという点であったが、心の底では「乳房」という語を用いての女性性の表現に対する嫌悪感があったと思われる。もちろん、大正時代のような野卑な物言いはなかったが。しかし、女性の肉体をこれほどまでに生き生きと表現したことが、「性」の表現へ至る起点となったことは確認しておいてよいだろう。

以後、堰を切ったように女性性を前面に出して詠う作品が現れ、「女歌」と呼ばれるフィールドが形成された。しかしながら、「性」そのものに迫る作品に突き進んでゆくには、しばらくの時間を要した。その転機となったのが阿木津英の出現であった。

女男の根の番《つが》う幻あかあかと転がりてゆくわれのあたまを

眼も魔羅も老いさらばえよわがものにはやもはやなりてしまえよ
ひとひらの魔羅と陰をば因《もと》として床惚れということのうれしさ

これらの歌について笠原伸夫は、「一首一行のなかに仮構される自我、詠み手とは切りはなされた虚構の人格の発する声とみなすべきである」と批評している。そうであるならば、まだこの昭和五十年代においても、生身の人格（前者）とは別に、虚構の人格（後者）を措定し、後者さえ前者とイコールに結びつけるのを否定する読みがなされていたのである。そして、それは笠原の批評の良し悪しではなく、阿木津の作品に内在する、禁忌を打破しようとする宣言のような身構えに原因があると思うのである。

そのことは、二首目によって、いっそう明らかとなる。阿木津のこのようなマニフェストは、同時代のフェミニズムと表裏一体のものであることは否定できない。そこには、女性が声高に叫ばずにはいられない社会状況があったのである。

この二首目の〈わがものにはやもはやなりてしまえよ〉について、笠原は「性愛の絶頂へ昇りつめようとする急迫感であろう」と述べている。この批評を糸口として読みを進めていくと、〈魔羅〉という生理的器官だけでなく、〈眼〉という男性の思考法まで奪いたいという所有願望が込められていることがはっきりとしてくる。

三首目も、男を〈魔羅〉に、女を〈陰〉に還元してしまう、醒めた女性のシニカルな認識が見てとれる。〈うれしさ〉というフレーズは実感のある思い入れのようでいて、実は突き放して自分を見つめているようでもある屈折した言葉なのだ。

阿木津の言葉を引用しよう。「女と性を関わらせると、顕著な傾向の一つとして、挑発的性格をもつ。与謝野作品の『みだれ髪』や中城ふみ子の……禁忌破りである。（中略）けれども、この挑発的な刺激性は、じきに有効でなくなる。禁忌は、破ってしまえば禁忌でなくなる。最初の一撃だけが意味を持つのだ」。阿木津の歌に見られるのは単なる性愛描写だけではなく、主張があったうえでのことである。

では、岡崎の『発芽』を我々はどう受けとめたらいいのであろう。

少女ゆえ恥じらうというセオリーを壊したくって目をあけていた
油断してうしろからしてしまいたり　顔を見ようと思ってたのに
なんとなくみだらな暮らしをしておりぬわれは単なる容れ物として

岡井隆は、「性愛の歌もここまでカジュアル・ルックをとるやうになつたのかと驚いた」と感想を洩らしている。阿木津の、そしてフェミニズムの時代から二十余年経った現代の若手女性歌人による作品である。一首一首見ていくよりも、全体としての作品の醸しだす感覚を鑑賞した方がいいのかもしれない。そこには、性へのプロセスが日常的に開放されている世代の、ごくありふれた男女の物語があるだけである。女性の自立とか、女性の権利とかを特別に強調しなければならぬ時代とは無縁の、アパシーな時代状況が反映されている。

けれども、作者はそのことを逆手にとっているかのようにも思われるのである。何となく暗い翳りが見えているこの時代に、あえて個の世界に没入しようとする。それは、一つの意志ではないだろうか。それは、方法こそ違うが、「政治の季節」と言われた時代に家庭の安住を求めた生き方と似ていなくもない。今から見れば、それこそがプロテストであったのかもしれない。その思いは、「この国は強くならなきゃいけません「兵、兵、兵」と応じるボタン」という作品があることからも脳裡を過ぎる。

ただ、岡崎の作品は何かの禁忌を破ったと言えるだろうか。性愛の歌にもう一つ欠けているものがあるように思われるのはこの点だ。

性愛の歌は、憲法上の表現の自由と猥褻罪との最前線の問題でもあり、制約がある。文学は、美の追求と思想の表現が生命でもある。このような網の中で、私たちは禁忌を破っていかなくてはならない。ここから、どんな新しい地平が見えてくるのだろうか。女性歌人の「最初の一撃」を期待したい。

映像と短歌　戦争の場合

2007年4月

岡野弘彦歌集『バグダッド燃ゆ』が静かな反響を呼んでいる。

砂あらし　地《つち》を削りてすさぶ野に　爆死せし子を抱きて立つ母
コーランの祈りの声は　砲声のしばらく止みし丘より　ひびく
名も知らず、女男《めを》を分かたぬ骸いくつ。焼け原の土に　埋みゆきたり
街に満つる阿鼻叫喚の声にすら　ためらひもなく　火を浴びせゆく

（いずれも初出は二〇〇三年）

これらの歌には生ま生ましい臨場感がある。どの歌も説明を加えるまでもなく、イラク戦争の戦場となったイラクの民衆の姿であることが伝わってくる。私はこれらの作品から、二つの重要な側面を汲みとった。一つは、映像の作り手を通すことによっても、受け取り手の悟性によって多義的でない一つの作品世界を構成することが充分に可能だということ。もう一つは、その映像の中のいかなる要素に自己の主体を投影するかによって、作者の価値観が顕在化するということである。

まず、前者から考えてゆきたい。

戦争を詠うという場合、私たちは一部の例外を除いて、TV映像を通して作品化することが一般的であり、現に今もそうしている。しかし、この作業に対しては、映像が撮影者、編集者、TV局、あるいはそのTV局の政府の意向を反映するものであるかぎり、視聴者の我々の意識は彼らの主観に沿った性格を帯びてしまうのではないか、という指摘が常につきまとってきた。

TVニュースは非日常的出来事を報道する。犬が人間に咬みついてもニュースにならないが、人間が犬に咬みつくのはニュースになるというのである。これは非日常性の濃いものほど報道の価値が高くなることを言っている。その非日常の最たるものが、革命であり戦争であろう。そして、戦争は、当事国でないかぎり（あるいは当事国であっても）、メディアを通じてしか知りえない場合がほとんどである。その報道の困難さは次のように語られている。

革命も戦争も、（略）一国家あるいは数国家に及ぶ広範囲な空間で事象が進行し、かつ殺戮をともなう人間集団の極限的な対立、闘争が発生する……。……一人の個人では、事象の全体と本質に迫ることは困難である。仮に戦争や革命の現場のまっただ中に入れたとしても、取材者は、人間の視野、視界が許す範囲での事象と、彼が接触できる当事者だけからの情報を限定的に伝えることしかできない。

それ故、戦争も革命も大勢の取材者が重要なポイントに投入されてこそ、初めて全体像を浮かびがらせることが可能となる。つまり、いつ、どのような場所に、いかなる取材者を配置し、いかにして総合的な情報を収集するか、また集まった情報をもとに、いかに全体状況を分析・把握するか、が決め手である。

（渡辺光一著『テレビ国際報道』岩波新書）

こうしたTVの可能性を考慮に入れても、ニュース報道は個人の視点によって視聴者に提供されることは否定しがたい現実である。けれども、その制約された映像の中にも我々は事の本質を見極める直観力、構想力を持たなければならないであろう。誰もが同じように驚き、同じように嘆くこと、同じように考え、同じように思うことに対して、警戒の念を抱くことこそ、歌人ないし詩人の意味があるのではなかろうか。

岡野の歌に戻ろう。一首目の「地《つち》を削りて」は、砂あらしの状況を微細な点から照射しており、「母」をスクリーンの中心に位置させる効果をも持つ。二首目は、「コーランの祈りの声」が、砲声の止んだ寂静に音の遠近法のように、遠くから傍まで聞こえてくるような気さえするのである。三首目は、爆死者の惨状が「女男《めを》を分かたぬ骸」という表現によって、現実味を増している。四首目は、「ためらひもなく」という解釈によって、その冷酷な火が読む者の肌をも焼くかのような仮想現実さえ感じてしまう。

このような岡野の鋭い感覚は、一瞬のうちに死の状況を脳裡に焼き付ける個人的な体験が影響しているであろうが、作品の背後に滲む彼の非日常への強い違和感にもよるのであろう。そのことは、読者である我々に戦争は異常なのだとのメッセージを伝える宣教者の朗唱を想わせるのである。

私の挙げる二つ目の側面は、岡野がいかなる立場に自らを置いたかという点である。掲出歌に見られるように、明らかにイラクの民衆の側に立って作品化している。映像自体は攻撃する側（アメリカ側の従軍記者）からの撮影であると思われる。作者が想像で作ったにせよ、このことは私たちに一つの可能性を示唆しているように思われる。撮影する側からのアングルであっても、被写体の側から声を発することができるのだ、と。

だが、それには欠かしてはならない前提が必要であろう。戦闘があり、爆撃があり、屍体が散乱していたとしても、その一事一事の背後に作者の歴史認識が浮かび上がってくるような問いかけの存在である。そうでなければ、戦争もただの機会詩として位置づけられてしまうだろう。

ところで、『バクダッド燃ゆ』は戦闘だけの歌集ではない。「日本列島、鎮まりがたし」の一連は、平和の中にあって戦争の意味を問いかける重さを秘めている。

かかる世に替へし　われらの命かと　老いざる死者の声　怨みいふ
朝の電車に　眠り呆けてうつつなき　若者の脚　またぎ越えきぬ
死ぬべき日　死に遅れたる悔いもちて　すべなき命　まだ生きてをり
まどかなる　老いのこころを願へども　鎮まりがたし。国も　われらも

イラク戦争は終結したが、宗派間の対立や国内でのテロは依然として続いている。しかし、そんなイラクにも安定の時代が来るのかもしれない。その時、イラクでの戦争とテロの報道はなくなるのであろう。朝鮮戦争がそうであり、ベトナム戦争もそうであった。そのような日に、戦争の短歌も詠わ

れなくなるのであろうか。戦争の時にだけ詠われ、平和な時代には詠うことさえも忘れられる。『貞観政要』に「安きに居りて、危ふきを思ふ（「居安思危」）」という言葉がある。平和な今こそ、戦争の意味を問うことを作品化すべきだろう。そして、メディアから流れてくる戦争そのもの、あるいは戦争の記憶を詠うことは、思想にまで高められることが求められているのではないだろうか。

短歌の可能性

最近の歌集から

2007年7月

今年の葛原妙子賞が、酒井佑子歌集『矩形の空』に決まった。
葛原妙子は初期のころから、「独自な歩みをつづけ、以後の歌は未踏の世界を目指しての孤独な試行を重ね、人間のもつひそかな深部が言語をもってあらわれ、存在している状態を感じ得る歌へ」とすすんでいった歌人である。その名の賞にふさわしく、酒井の歌集には、「孤独な試行」と「人間のもつひそかな深部が言語をもってあらわれ」ているのを実感した。

ぐじやぐじやの世界の上に日は照りて植物相《フロラ》は次なる時にそなふ
日ねもす無為にしてここの日だまりに坐りゐること唯一の価値
あの男はどこへ行つたらう真夜中に枕裏返し探してゐる
三尺の庭を隔てて空きいへあり日日に寄り来るものを懼《おそ》る
裏階段に常夜のあかり生涯にひとたびもわが通らざりし道
靴だけ履き替へて出づる外界は暗渠のやうなにほひしてゐる
三月経てベッドの位置の遷りたれば新しき空に添ひてわが寝る

歌集の第Ⅰ部と第Ⅱ部から抄出した。作品の中に、「十歳の敗戦児」とあり、また佐々木靖子の名で数冊の歌集を出されていることからして、ベテランといえよう。

この世を「ぐじやぐじやの世界」と見る冷徹な眼と、他方で太陽によってこの世界とともに照らされている植物は、更なる生育に備えているという仄かな希望も滲んでいる一首目。何もせずに一日中、日向ぼっこをしていることが自身にとっての唯一の価値であるという老荘のようなタオの感覚の二首目。いずれも寂しく深い。一首目の中に廃墟から復興した日本の姿を重ねていると見ることも許されるであろうか。そして、荒廃した国と人の精神の闇を通過して来た者にとっては、何物にも干渉されずに静かな時間を過ごすことが無上の喜びであろう。

四首目の空き家と五首目の常夜灯を凝視する心は、人生の上での箴言を生み出したとも言える。六首目と七首目は作者の長い闘病生活の中での作品であり、この歌集の中核とも言えるものだ。病衣のまま病棟を出た時の感覚は、暗渠として見えるはずのものが匂いをもつような不可思議なものであるらしい。七首目は私たちも経験する心の陰翳を鋭く言い当てている。

このように見てくると、酒井は〈人生派〉とでも呼ぶのにふさわしい歌人であると言えよう。それは、何気ない日常の中に人間の精神の形を発見する営みを続けてゆく詩人を指す。それは、社会のパラダイムが、グローバリゼーションによって変えられ、富の偏在が強まってゆくとしても、人間の本性の底にある不変の質を探求する姿である。こういうタイプの歌人に日の目が当たることは、大きな励みになると言ってよい。

ただ、この歌集には乾いた、そして潤いの欠如を指摘される一面があるかもしれない。そういう意味で、〈抒情派〉とも言える大型新人の出現に注目したい。棚木恒寿歌集『天の腕』である。

もしかしてトマトの糖度に比べつつ受け入れたのか君のからだを
ぶるぶると身を震わせて吾は泣かず松の木肌に触れたるのちも
わが死後の骨を拾えるわれがいておんおんと嗟嘆、大暑の朝を
水際には死ぬために来し蜂の居てあわれわずかにみだりがわしき
かすかなる泉を見しという声す脈をもついきものの方《かた》より
青年をひとり組み伏せ来しような、さあれ筋骨隆々の楠
無花果の肉厚の葉も朽ちており抱き終えたれば秋が来ていた

清新な若さが存分に匂って来るような歌集である。それも、ナイーブで繊細な青年が顕ち上がってくるような若さである。ページを繰る楽しみを与えてくれる。読むにつれ、次の展開に期待を持ちながらその作品世界に浸ってしまった。

一首目の「トマトの糖度に比べつつ」の発想の非凡さ。そして、このトマトは真っ赤なのではなく、青味がかったトマトであり、成熟の赤への途中にあるような連想をさせる。性愛を美的に昇華しているという意味で、〈ロマン派〉でもある。

二首目から五首目には、青年に特有の哀しみ――生きることのはかなさを知る者――がみずみずし

いまでにたたえられている。

六首目の、青年を「組み伏せ」たような楠という直喩も、修辞の確かさとオリジナリティーを感じさせるものである。

七首目は、抱擁の後に見た世界は一変していたという感覚が、新鮮に伝わってくる。まさに青春歌集の一冊である。

いま、青春歌集と言ったが、この歌集は甘ったるい青春讃歌ではない。だいぶ以前のことになるが、甘い歌を作っていたころ、青春の歌に対してはすでに次のような作品があることを教えられ、自戒としている。「さめざめと男に倚れる女子《をみなご》のみすぼらしけれ渚くもりて」（土屋文明）。その点、『天の腕』には、単なる思いつきではない、一首に嵌め込むべき言葉を選択する上での構成の力がみなぎっている。

ただ、〈抒情派〉は抒情のみでは歌の力に限界があることも否定できない。社会的事象や死生観などを見つめる、より広いフィールドに立ってこそ作品に厚みが加わってゆくにちがいない。そういう意味では、〈抒情派〉は〈人生派〉と〈思想派〉の分水嶺に立っているということもできよう。棚木の歌集に秘められた潜在力を考えると、いずれそのどちらかの方向へ深化してゆく可能性を感じるのである。

このように〈人生派〉と〈抒情派〉、ベテランと新人の台頭を見ていると、歌壇の裾野は案外広いということに思い至る。そして、もう一つの〈思想派〉に、戦争や革命だけではない、現代のグローバリゼーションを見据えた、新たな挑戦が期待される。我々が時代の中で生きている以上、目の前の一つ一つの物象の背後には、必ずシステムを動かす本質が隠されているはずだ。それは〈人生派〉からも〈抒情派〉からも捉えられようが、〈思想派〉からのアプローチこそふさわしいと言えよう。

一つの商品を買う場合、法律的側面においては売買契約であり、経済的側面においては等価交換であり、心理的側面においては互いの物欲の充足であるのと同じように、我々の作歌上の個性も、その違いによって、〈人生派〉となったり、〈抒情派〉となったり、〈思想派〉となったりするのであろう。

そう考えてみると、短歌は作り手の視角によって、いかようにも切りとることが可能であり、目の前の一つの対象物にも見い出すべきものが数多く詰まっていることを今更ながら感じるのである。そのことを二つの歌集は教えてくれる。

グローバリゼーションの中の短歌

文化の変容を見つめて

2007年10月

今年に入って、グローバリゼーションと短歌の関係が論じられるようになった。「短歌現代」四月号に阿木津英は「「グローバルな短歌」への欲求」を、坂井修一は「グローバリゼーションの中で」を寄稿している。ここで、阿木津はこう述べる。

古今東西に通じる価値がある、数千年の昔からIT革命の時代の現代まで、この場所から地球の裏側まで、人類というものが存在する限り通じる、普遍的価値というものがある。そういう信頼のもとに欲求されるもの、それがここにいう「グローバルな短歌」の意味である。

超国家的にヒト・モノの移動があり、世界をグローバリゼーションが席捲しようとも、人間の本性には不変のものがあり、それを追求するものこそ、「グローバルな短歌」だとする。そして、次のようにも言う。

「グローバルな短歌」……をいう世代はすでに古い、世は新しくなった、ネットをあやつる若者にそんなものは通じない、だからわれわれも新しい時代に即応するしかない—こんなところが、現代の歌壇を占めるおおかたの気分かと思われる。わたしは、それに与しない。……胸中に感じる〝確かさ〟を自らごまかすことはできない。

ここには、感性によって概念を構成する悟性の力を見ることができる。確たる主体の存在があり、公式的な存在被拘束性に捉われない姿が見えてくる。

次に坂井の論を見てみよう。

グローバリゼーションは、マネーゲームの勝者と敗者をくきやかに分けるのであって、中庸をもって静かに暮らそうとする人々の階層を破壊する。もっとも文化的な階層を、である。

はたしてそうだろうか。グローバリゼーションとは、工場や技術の移転、資本の海外進出、多国籍企業の展開、国際金融市場の創出など、国家の枠を超えた資本主義のグローバルな展開であって、弱肉強食の原理のもとで、貧富の格差、富の偏在による貧困問題をひき起こし、ぎりぎりのところで生活している社会的弱者の生活をこそ破壊するのであって、文化的階層のそれではない。坂井が言いたいことは、次の点に収斂してゆく。

こういう世界の中で、小池や吉川や私のような人間が、短歌というローカルな文芸作品を作り続け、読者を獲得し続けていくことができるのか。

こうなると、坂井を含めた三氏が作り続けている短歌という小詩型は、愚かな読者層には理解が及びませんよ、という響きすら覚える。坂井の論調は万事こういう具合である。ただ、次の認識は看過できないので、再び引用してみたい。

①今、われわれのほとんどは、息を切らせながら世界規模のマネーゲームに追随している。
②生涯の大半をもっぱら生活必需品と慰安物を得るためにのみ費やしている。
③少し考えてみれば、このマネーゲームにはアフガニスタンやイラクの戦争も含まれていることがわかるだろう。

（番号は今井）

①はヘッジファンドなどによる、世界中の株式・債券などの市場への投資を指しているのだろうが、これは主に富裕層や機関投資家がヘッジファンドに託した資金の運用であり、低所得層にはこのマネーゲームに参加・追随しているという状況はない。②は一つの文明論であり、グローバリゼーションを指すのに妥当ではない。③はアフガニスタンやイラク戦争が、ヘッジファンドなどのマネーゲームの一つの形態だというのだが、もうこうなるとまともに論じようとする気も失せてくる。また、坂井は「短歌往来」七月号において、次のようにも述べている。

今グローバリゼーションと言っているものの背景には、社会主義の崩壊というのがものすごく大きくて、もうイデオロギーでは戦わないという人がほとんどになった。

社会主義の崩壊がグローバリゼーションを促進したというのは、逆ではないかという問題点があるが、それはここでは詳論の余裕がない。ただ、イデオロギーがなくなったかのように聞こえるのは不問にすることができない。グローバリゼーションには、その核に新自由主義のイデオロギーがあるからだ。これはアメリカの対外政策に採り入れられ、「ワシントン・コンセンサス」と呼ばれている。小さな政府・金融の自由化・民営化・規制緩和・貿易の自由化などが柱となっているのだ。

私が坂井に苦言を呈したのは、中堅世代を担う歌人が、たとえ専攻外の領域について発言をするとしても、厳密な認識の下に行なってほしいからだ。アメリカの言語学者チョムスキーが、冷徹な眼でグローバリズムを見ている例も参考になろう。

ところで、われわれに最も関心があるのは、グローバリゼーションが歴史的に形成されてきた民族や地域の特色ある文化を破壊している、ということだ。「歴史と風土の中で育まれてきた文化を駆逐し、均質で機能的な文化をつくり上げてきたが、グローバリゼーションは……西欧的文化を世界各地におし広げることになった」(1)。グローバリゼーションは、異なった文化相互の交流によって互いの文化を豊かにはしない。こうした危機的状況に対して、グローバル化への批判的アクションが強まり、ここから自国文化の再認識が拡大されてゆかなければならない。

以上のような状況の中で、我々は何をどう詠ってゆくべきか。物象的には、ケータイ・パソコン・外食チェーン・量販店等が眼の前に展開している。これらのモノを詠うにも、グローバル化の一断面を捉えることができよう。

また、リストラ・人材派遣・非正規雇用などの労働者群を見るに際して、一人の労働者の姿に規制緩和を捉えることも可能だろう。それは生活保護受給者や障害者の状況からも、新自由主義のイデオロギーが露わになることと同様だろう。

しかし、より重要なことは人々の価値観への影響である。グローバル化は効率化・拝金主義・均一化をもたらす。これが文学への打撃になることは確かだろう。だが、どんなに大金を手に入れ、名誉や地位にありつき、物質的豊かさを勝ちえたとしても、人間の心の虚しさはそれらでは埋めつくすことはできないだろう。そして心の空虚さを満たすものが文学の力だということをその時に気づくことであろう。とりわけ短歌の力が、日本の風土の中で人々の前に輝きを伴って現われてくるであろう。

注（1）岩佐茂、劉奔編著『グローバリゼーションの哲学』（創風社）

日本語の変容と短歌　第25回「現代短歌評論賞」から

2008年1月

今年（二〇〇七年）の「現代短歌評論賞」受賞作は、藤島秀憲の「日本語の変容と短歌――オノマトペからの一考察」に決まった。藤島論文は、各節の冒頭に落語の一節を引用して短歌論を展開している。その理由を次のように述べている。

短歌同様、落語も言葉で表現する。短歌は主に目から、落語は主に耳から、言葉を受け入れるという違いはあるが。／短歌も落語も言葉を媒介として、作者と読者が、落語家と客が、共通の空間を作り上げることが不可欠なのである。／オノマトペは、その言葉を媒介として共通の空間を作り上げる作業に重要な役割を担っている。臨場感であり共感である。／オノマトペとは、耳に残っている以前に聞いた音を思い出させる機能があるのである。あるいは……臨場感あふれる……場面を想像させる効果がある。／オノマトペには記憶検索作用がある。オノマトペには想像力喚起作用もある。

この論文は、論点をオノマトペに絞り、問題意識を深め、追求していくという意味で、論旨が明快な点があるところは選考委員の篠弘の言うとおりであろう。また、現代短歌が落語のように「音声の言葉」ではなく、「読む言葉」だということを明確にしていることも佐佐木幸綱が評しているとおりである。けれども、私には大島史洋の批評に同調する部分が多々あった。大島の発言を引用する。

落語が出てきて、次に短歌が出てくるのがやはり唐突なんですよね。／「オノマトペは時代を追って発展して来ている」と言いながら、「『しとしと濡れて』の『しとしと』も伊藤左千夫が……使用した時は新鮮さを持っていたのであろう。だが……今となっては古い」と急に出てくるのがわからない。

オノマトペには「ルールと文法は無視したとしても、同時代性だけは無視してはいけない」と、同時代性が急に出てくる。これもよくわからない……。

以上、藤島論文の核心と思われる点と、それに対する肯定・否定の意見を紹介した。ここから、この論文に対する私の疑問を述べたい。

まず第一に、オノマトペに想像力喚起作用があると言いつつ、時代をおって発展して来ている、という点についてである。オノマトペには、「shitoshito nureru」という場合には、確かに「濡れる」状態を想像させる力がある。ただし、これは「濡れる」が被修飾語である場合だけである。「shitoshito yakeru」となる場合には、「shitoshito」は記憶検索も想像力の喚起も機能しなくなる。

このような変容がある場合には、いくらオノマトペ自体に意味性がなかろうと、二つの作用は機能不全に陥るのではなかろうか。修飾語（オノマトペ）と被修飾語のミスマッチには、このような危険が伴う。想像力喚起作用には、発展というより変容・衰退したものもある。

第二に、落語を引用しての短歌論の展開である。落語も、短歌同様、伝統芸能の一つのジャンルであり、互いにパラレルに同時代を生き延びてきた。両者に、時代の変遷とともに類似の変容があるのは当然の帰結である。両者とも、その存在する社会と文化の影響を同じように受けているのであり、比較をするならば異なる位相すなわち短歌と社会集団（町人、農民、武士など）の文化などを設定することがより適切であったろう。なぜなら、現実社会の中での短歌の語彙の変容を見るには、相関関係が重要だからである。

第三に、論文の中の自己矛盾である。オノマトペのルールを無視してもよいという点と、オノマトペの同時代性を重視するという点である。前者は、前述のようにオノマトペと被修飾語は固く深く結びついている点で納得できない。さらに言えば、「shitoshito」が他のオノマトペに（例、「dokadoka」）変容したならば、次に来る言葉は意味をなさないか、予定された語を置き換えねばならなくなるであろう。後者については、オノマトペの使われ方の新しさが大切だと言いつつ、言葉としての新しさを求めると奇抜でしかなくなるという。そこの境界があいまいであるし、使い古されたオノマトペを再生するといっても、それこそデジャヴの作品となってしまうであろう。さらに、錆をとったオノマトペに同時代性を持たせるべきだというのは、結局、社会集団や組織との関係を無視しえない結果になるのではないだろうか。

第四に、短歌が「読む言葉」であることに着目したのは藤島が初めてではない。十年も前に前田愛らが言っていることだ。だがしかし、このことはオノマトペを考える上で大きな問題を孕んでいることも確かである。それは記号の使用である。残念なことに藤島論文は、加藤治郎や荻原裕幸の短歌に触れていない。同時代のオノマトペに敏感になるべきだと言うのなら、ここを避けて通れなかったはずである。

なお、今回の評論賞において、「開耶《さくや》」の大島広介が候補となった。テーマは「森鷗外の言語観と短歌」。この中で大島は、鷗外が和歌と短歌、個人と公人、保守と急進、東洋と西洋のそれぞれの両端のバランスをとって前進しようとする姿勢を保っていたことを明らかにする。そして彼が旧派和歌に飽き足らず、西洋の抒情詩の長所を短歌に応用すべきだとの姿勢であったことを、例歌を挙げて論証している。そして、こう力説する。

　彼の言語観と同じで、自らの思った事、感じた事を思いの儘表現できればそれで良かったのである。

明治期の言文一致運動の中の激しいまでの言語の変容の渦中にいて、鷗外が意図的に歌調を使い分けていたことを指摘するなど、教えられることが多く、「文芸批評」たりえている。大島には、ここを出発点として、社会運動や社会思想からの短歌への影響を深く掘り下げてゆくことを期待する。その中で、短歌そして言語が時代と無縁でないことを再確認してゆくだろう。

森鷗外という、明治の文学を体現する作家に焦点を当てたことは、それ以前と以後の文学、さらには短歌を考察する上できわめて当を得た論考だと言える。ここからさらに、プロレタリア文学、ダダイズム、モダニズム短歌、前衛短歌と発展してゆく短歌史の、太き底流を摑み出していってほしい。その作業を通じて現代短歌の特質がはっきりとライトアップされてくるはずだ。

　その中で、歌人が詠おうとしてきたもの、さらには表現方法についての工夫がいかになされてきたかが、見定められてゆくであろうと思うからである。

口語短歌の行方　文語定型との関係

2008年4月

昨年は、俵万智歌集『サラダ記念日』の刊行から二十年目にあたる年であった。その関係で、『短歌研究年鑑』では、「平成二十年の短歌における口語の新しさを考える」という座談会を組んでいる。また、「短歌往来」も、十月号で特集記事・評論を載せている。この両誌を傍に置きながら、口語短歌の現在を論じるとともに、その意義を明確にしつつ、口語短歌と文語定型の将来を展望してみたい。

まず、口語と文語の関係から考えてみたい。文学史上、口語で作品が描かれたのは二葉亭四迷の『浮雲』が最初であろう。その初出は明治二十年である。当時の反響は多大なものがあったようだ。「朝野新聞」は、「文章の改良を重んずるの士幷《ならび》に東洋の将来に於て必ず行はるる文章の体は果して如何ならんと思ふ人はこの小説を一読して大に悟る所あるべきなり」と賞讃している。また、「国民之友」も、「其の趣向脚色は敢て新奇と云ふ程にはあらねど、文体は恰も一種の機軸を小説世界に輸入したるものの如く、句調、語格斬新にして面白し」と肯定的に評価している。前者の「文章の体」、後者の「句調、語格」はともに口語体を指していることは明白である。

『浮雲』発表直後は、その点が評価されたのである。いわば『サラダ記念日』の口語が注目されたのと同じ現象である。だが、刊行二十年後の二葉亭四迷と俵万智とでは、後世の人の評価が異なってくる。明治四十二年に死去した二葉亭四迷への長谷川天渓の追悼文を紹介したい。

彼れは厳粛なる人生批評派の開祖なりき。……硯友社一派の如きは、客観的描写に忠実なれといふ主義と、美至上主義、否むしろ通人肌或は戯作者気質《かたぎ》とを結合したるものに外ならざりしが、二葉亭四迷子に至りては、『小説神髄』の主張を、更に一歩進めて、人生の内部的生命の解剖に進み、其の例として『浮雲』を作しぬ。『浮雲』の一篇は、其の形式に於いても、或は内容に於いても共に明治文学に一時期を画したり。

二葉亭は口語を使用することによって内容を深め、「人生の内部的生命の解剖」を試みた、と多大の評価を得た。他方、俵の短歌への口語の導入は確かに斬新さがあったが、内容において、それ以前の（文語）作品を凌駕したとは言えないようだ。口語短歌の新しさを論じることも大切だが、文語短歌と比較した場合、文学作品としての深み、格調がどちらにあるかを論じることはもっと重要なことだと思うのである。

以上のように、同じ口語文体でも深みに違いが出てくるが、それは余韻という短歌特有の感覚を、口語短歌が含んでいるかということにかかっていると言えよう。小説と短歌という違いはあるが、口語使用の効果はこの点において結論が逆になってくるように思われる。

では、口語短歌には有用性がないのであろうか。そんなことはない。短歌史の上では、口語短歌は定型を外れて自由律へと移行していった。このことは「短歌往来」で松村正直が述べているとおりであり、本誌（「開耶」14号、二〇〇八年四月発行）でも、森本平が「自己変革の軌跡」の中で土岐善麿の作品の特徴として挙げている。けれども、松村は俵の口語短歌が定型に向かっている点を重視して、次のように言う。

俵万智の歌は、なぜ人々に受け入れられたのだろうか。その鍵となるのが「定型」遵守ということである。……従来の口語短歌運動という文脈とは根本的に考え方が異なっているのである。俵の用いる口語は、「ｖｓ文語」という意識とは別のところで成立しているのだ。

土岐善麿の口語短歌は、思想性を引き出そうとするために自由律へと向かっていったかのようだ。それに対して、俵の口語定型歌には、ポップな感覚、リズミカルな心地良さを感じる。深みという格調の代償として得たその感覚は、それゆえにライトヴァースと呼ばれることになったのか。さらに、松村は次のように論を展開する。

『サラダ記念日』のもう一つの特徴は、歌集の中に等身大の作者が登場するということである。二十代前半の女性の主に相聞を中心とした内容が詠われている。読者は作者の姿を思い浮かべながら一首一首の作品を読み進めていくことができるのだ。これが多くの読者の共感を呼んだ点であろう。……読者が歌集を読んだ時に、それを俵万智自身の物語として読むことができる。実はそれが歌集にとっては非常に大事な点なのであり、短歌の「私性」とは本来そういうことを指しているのだと思う。

口語短歌による等身大の作者像＝私性の獲得も、ポップな感覚と同様、収穫し得たものの一つだということであろう。多くの若い歌人たちの支持する理由も、そこに求められるのだろう。

では、これからの歌壇は口語定型歌が席捲してしまうのか。私にはそうは思えない。それにはいくつかの理由がある。

第一に、口語と文語を混用する歌人の多さである。短歌創作に深入りすればするほど、文語の持つ独特の語感に気づいてゆく歌人が多いということである。口語オンリーで作歌することは、先に見たように、ポップな感覚の表出には優れているが、やがてそれに飽き足らなくなる傾向がある。文語はこれからも長期にわたって死滅することなく生き続け、また活かされてゆくであろう。

第二に、口語と文語の混用をも文語体だとするなら、文語定型は今後も維持されてゆくだろう。心の深さを表わし、作品に余韻を持たせる上で、定型が文語と結合した場合にその力をより発揮することもすでに述べたとおりである。文語と定型を切断することは短歌にとって自殺行為と言わなくてはならない。

第三に、戦後六十余年も文語定型が持続してきたという歴史の重みである。これは現在に至るまでの歌人が文語定型という詩型を信頼してきたからにほかならない。これは惰性ではない。右に左に揺れながらも常に元の位置に戻ってきたということは、それだけの魅力が支配する世界なのである。

最後に、口語短歌がどのような広がりを見せるのか、将来の展望をしておきたい。口語がそのまま短歌作品に導入されてゆくことは可能性として低いであろう。『短歌研究年鑑』で、小池光は次のように述べている。

実際に我々が喋っている言葉は……助詞などは「おれ、学校行く」とどんどん省略して言うわけですよ。……口語短歌はそういうのはなくて、「おれは、学校へ行く」と書くわけですよ。

この座談会の中で佐佐木幸綱が述べているように、口語短歌も「第二段階」に入ったようである。もちろん、口語か文語か、自由律か定型かの選択は各自に委ねられている。自らの資質に合った文体を選びとることが、短歌の発展と歌壇の活性化につながることは言うまでもない。

ネオ・モダニズム短歌　『新風十人』との異同

2008年7月

歌壇は実に長い間、写実からのアプローチによる作品が主流を形成してきた。それは、正岡子規、斎藤茂吉ラインの歌人たちの活躍によるところが大きく影響してきたからである。

詩壇に眼を転じると、その変化や多様性はもっと起伏に富んでいると言ってよい。そして、その詩壇には新たな潮流が生じているように思われる。「現代詩手帖」二〇〇八年三月号の新人作品に注目した。

……静かであってほしい、私？
口を結んでくれ。
なあ、〃くるしい〃を鳴らすな。
私、くるしくならないでくれ、そう（波音、
それだけは。

文月悠光（「机上の海」より）

「なにも着ていないの？　ひとつ

あまらせているから、きみにあげる。」
待ちに待った、台風の日です。
家に上げたら、育つのにどのくらいかかるのか、
あと数秒で折れてしまいそうなきみが傘で部屋を
汚しに来る。

村田麻衣子（「生育暦」より）

カチッ……

この部屋の中だけを巡る
朝　どの日の朝だろう
鍵の山が薄青く光っている
落ちてこない鍵が
まだ一本、どこかにある気がしてくる

「どうして　毎晩
ドアを替えてしまうんですか
最後の鍵です」
「ドアなんか　ないよ！」

「どうか
きのうのドアになってください……」

利根川淳（「合鍵」より）

これらの新人は若手なのであろう。六一七篇から選考された作品であるとのことであり、力作と言えよう。この三氏に共通しているのは、会話体を採り入れていること、発話がモノローグになっていること、したがって他者に向けられた言葉ではないということ、そして何よりも「場」の設定が部屋とか空想の海岸とかレトロであることだ。また、このような「場」と発話との結合によって状況が新鮮味を帯びていることも特徴と言えるだろう。

ところで、符節を合わすかのように歌壇にも、このような新しい傾向が現われている。

第53回「角川短歌賞」次席となった武藤義哉の作品を抄出する。

「舞台ＴＯＫＹＯ」

自家製の時間はもはや作らない電波時計という工房は
マンションのエレベーターを不燃ゴミは雫のように下って行った
星空の渋谷支店が無くなったプラネタリウムが閉館となり
とりあえず家電量販店ならば風邪菌なども手に入れ易い

同様の現象は、二〇〇七年度に「未来賞」を受賞した高田祥「めらんこりあ」にもみることができる。

肉体はノイズ　文字列が媚薬のように貫く夜は
あるときは悪魔　チェット・ベーカーよ体言止めを溶かしちゃってくれ
なだれゆく診断か　ま白にぞわが体内に錠剤のふる
欲望はごおごおと　ああ今も俺の頭に航空機がいる

これら二氏の歌柄は写実から大きく飛躍している。確かに各作品とも映像を結ぶ部分はあるが、修辞や内面意識の表現スタイルがすでに写実のパターンを解体しているとも言える。武藤の「工房」「マンション」「プラネタリウム」「家電量販店」などの「場」での独語と、高田の「肉体」「体内」「航空機」などの「場」と独語は、詩壇の若手と類似するものがある。ここにはシュールでありつつ、モダンと呼ぶべき特徴が内在していると言えるのではないか。

そこで連想されるのが、昭和初期の『新風十人』に見られるモダニズムである。もちろん、詩壇や歌壇の若手の作品が伝統に回帰するものでないことは言うまでもない。三枝昻之の『昭和短歌の精神史』によれば、モダニズムをもっとも健やかな形で開花させたのは齋藤史の『魚歌』の前半部である。その作品世界を一変させたのが、『新風十人』に発表した「朱天」であり、それは『魚歌』の半ばに収められた。

濁流だ濁流だと叫び流れゆく末は泥土か夜明けかを知らぬ
ひきがねを引かるるまでの時の間は音ぞ絶えたるそのときの間や

このように史は、「カラフルな世界」に安住することなく、時代を冷徹に見つめる姿勢をとるようになってゆく。

また、前川佐美雄は、モダニズム短歌の旗手であった。

すさまじく天の奥どをひき裂きて稲妻のひかり走るあはれさ
青空の奥どを掘りてゐし夢の覚めてののちぞなほ眩《まぶ》しけれ　「等身」

三枝は二首目の作品について、「無窮の空を何のために掘り進んでゆくのか。理由はなく、絵空事の中に遊んでいるだけである。その空虚な陶酔感が異様に美しい」と述べている。史も佐美雄も時代と一定の距離を保ち、美的空間に自己を置こうとした。そういう意味では歌壇の若手の作品と通じるものがあるようだ。言葉のきらびやかさ、閉じた空間、時代の雰囲気など。これらをネオ・モダニズムと呼ぶこともできよう。この流れの中の若手は、時代とは無縁の作品世界を形成しているが、それが逃避ではないことを信じたい。佐美雄には、同じ「等身」に、

りんりんと響きわたれば取りかこむ悲しやな我《われ》も群衆《ぐんじゆ》のひとり
ほろびたる海彼《かいひ》の国はいかにかとその後を聴《き》けど言ふ人はなし

があり、時代と切り結んでいる。

私がネオ・モダニズムに対して危惧することは、作品がファッション化してしまうことだ。つきつめれば、〈文学とは何か〉という問題に行き当たることになる。

現代社会を詠むこと　介護の歌を通して

2008年10月

短歌はその時代を反映する。歌の題材に介護が詠みこまれることになったのも、その一つの例であろう。65歳以上の人口が総人口に占める割合が14パーセント以上の社会が高齢社会であり、日本はすでに二〇〇三年には19パーセントに到達している。その人口は二四三二万人である。それに伴って、介護を必要とする高齢者の増加、介護期間の長期化が社会問題となってきた。要介護者の世話は家族の大きな負担であることが社会問題となり、二〇〇〇年に介護保険法が制定されたことは記憶に新しい。

要介護者が介護保険制度によって支えられることになったとはいえ、家族の苦悩・負担には依然として大きなものがある。歌人の中にも、そのような厳しい現実に晒されている人たちが少なからずいる。

「短歌往来」は二〇〇八年七月号で三回目の「介護のうた」の特集を組んでいる。

われの手にすがりて一歩また一歩妻はこの世の土を踏みしむ
木のいのち妻にそそげと手のひらを幹に当てさせしばらく立たす
桑原正紀「花浄土」

ここには妻への溢れるほどの愛情のこもった視線があり、読む者に人間の生命を考えさせる。「土を踏みしむ」ことは健常者にとってはごく当たり前のことであるが、この場合には驚きであり、感動なのである。また、「手のひらを幹に当てさせ」てやる所作は、「木のいのち」を注いでやりたいとの願いであり、祈りである。作者の妻への純粋な想いに、私は自己の精神を浄化されるような気持ちを抱いた。歌の力をここに見た思いがする。

白雲が浮かんでゐますお母さんホームの窓から見えてゐますか　柳宣宏「春の夜」
　母らしき子別れならむこのわれを「あの人だれ」と指さして言ふ

一首目、一見のどかな風景であるが、前後の作品の中におかれている時、不思議な悲しみを感じる作品である。ショートステイしている母親を、どこかの空の下から思っている作者の心の中の呼びかけが何故かはかない。二首目、詠まれた事実はよくある光景なのであろうが、「指さして」に独特な力がある。切なくて悲しい歌だ。

この特集には他の諸氏の力作が載っているが、桑原作品も、柳作品も、「介護のうた」を考える場合に、我々に大きな示唆を与えるように思われる。従来、介護は家族の中での個人の問題であった。しかし、それが社会構造が孕んでいる矛盾の現われであると捉えられるようになるに伴い、国家の政策によって解決すべき問題となった。とすると、これも「社会詠」と呼ぶことになるのであろうか。以上に挙げた二氏の作品のどこにも社会的要素は見当たらない。このことについて、次のような説がある。

ところで介護の歌は、社会詠の一種であろう。社会詠というと、戦争やテロなどを詠んだ歌がよく取り上げられる。しかし介護の問題も、かつては個人、個人が担っていたものが、少子高齢化によって個人が支えきれずに社会問題化し、不十分なものであっても介護保険などの制度も成立した。したがって介護の歌も、個人に還元しえない、社会の問題となったものをうたった現代の社会詠、といえるだろう。

（大野道夫『短歌・俳句の社会学』）

この見方は、歌の背後に横たわる政治的・社会的要因をパースペクティヴに見すえた論であろう。そうした要因と相当な因果関係を有する歌の事象は「社会詠」の中に網羅されるとするのであろうか。前掲二氏の作品が表面的には、個人のレベルの位相にとどまっている点で、大野の立論に躊躇してしまうのである。「社会詠」を厳密に定義するとき、次のような見方が大いに参考になる。

狭義の社会詠は、インフレやストライキなど社会事象そのものを直接に歌ったもの。広義には、素材や詠風の具体性の有無によらず、社会を見たり批判したりする回路を示した作品を社会詠といってよい。

（坂井修一執筆「社会詠」『岩波現代短歌辞典』）

とするならば、「広義の社会詠」として、介護の歌を捉えてよい場合も出てくるであろうが、大野の説には少し無理があろう。むしろ、「仕事の歌」と同じ位相にあるのではなかろうか。もちろん、ここで言う「仕事の歌」は、「労働歌」ではない。「労働歌」は、使用従属関係にある使用者と労働者の緊張関係という状況を題材としたものであって、「仕事の歌」は労働そのものの喜怒哀楽を詠った歌と見なすべきだと思うからである。

私たちは大きな歴史の流れの中で生きている以上、事象の本質を見つめる鋭い眼を持たなければならないことは言うまでもない。社会の問題を抉り、人々の心に訴える作品が待たれることは政治的アパシーの現在でも同様である。一九七〇年代以降の「社会詠」の特徴として、「内向的な詠風の中で社会性を模索する短歌が主流となった」(同前)のは確かである。昭和初期のプロレタリア短歌が、その公式性、教条性の故に解消してしまったことと併せ考えると、これから私たちが現代社会を詠む方向は、個人にひきつけ、自己の関わりの中で事象をとりこむことであるように思われる。

現在、私たちの目の前に広がっている大きな問題は、その他にもまだある。グローバル化と格差社会である。前者についてはこの欄ですでに述べた。後者の格差社会はこの国の大きな影となって、時代を暗いものにしている。貧困、失業、非正規雇用がこの問題を詠う場合のキーワードとなろう。これはまさに「社会詠」として私たちが挑戦してゆくべき題材である。

そうした歴史の中で発揮される私たちの生命の輝き、祈り、自己浄化といった歌の営為が、そのまま私たち歌人の足跡となるはずである。

前掲『岩波現代短歌辞典』は次のように述べている。

社会詠は、善悪の判断を教条的に述べるだけとなる危険を伴う。社会詠の作者は、社会構造を深く正確に見据える批評眼と健全な人間感情をともに発揮することが必要であろう。

これから先、社会詠は個人との結びつきを維持する詠風が続いてゆくのか、それとも事象の背後の社会的要因を抉る方向が新たな形で打ち出されてくるのか、それは若手歌人の動向にも左右されてくるはずである。若手歌人たちが、ミニコミ的作風に安住することなく、「社会構造を深く正確に見据える批評眼」を磨いてゆかれることを大いに期待する。

現代の相聞歌を考える　「短歌研究評論賞」を読んで

2009年1月

二〇〇八年の「短歌研究評論賞」のテーマは、「あたらしい相聞を考える」（現代短歌史上の問題としてとらえる）であった。相聞歌は、異性への愛を訴える歌、すなわち恋の歌である。人間の心は古代も現代もそれほど変わってはいないと言われるが、万葉の時代と現代とでは、表現方法が同じというわけではない。

まず、相聞歌を論ずる場合、この表現方法の違いが、過去と現代との比較の上で、最も重要な点であろう。次に、作品に表われる男性と女性の相互意識の問題も看過できない論点である。第三に、それがエロスなのか、狂気なのか、あるいはジェラシーなのか、作品の態様がどのような色彩を帯び、時代のいかなる風潮を暗示しているか、という側面も見逃がせない。

受賞作は今井恵子の「求められる現代の言葉」である。問題の本質に迫る堂々とした本格的な評論である。篠弘の言うように、「作品の読みと作者の提言とが一致していてよかった」と思う。そして何より作品とその時代との関わりを丁寧に論証し、展開している点は評価すべきだと思う。

ただ、一九八〇年代以降に「湿った叙情」が短歌から急速に失われていったという点には疑問が残る。戦後間もなく、近藤芳美や加藤克巳らの新歌人集団が、すでに知的で西洋的な作風を意識し、歌壇をリードしていたからである。この場合、知的で「乾いた叙情」を求めた彼らの短歌は時代に先行していたというべきではないか。

また別のところで、「短歌形式は、時代ごとの言葉の様相を如実に反映させてきた」とし、その例を動詞の名詞化に求めている。それも一つの例であろうが、一首の中での発話の形式が多くなっている現象こそ、現代人の孤独感を表わしているのではないだろうか。動詞が名詞化すると無生物が主体となり、相手からの応答を期待できない、というのはやや表層的な感じがするのである。

とはいえ、最初に述べたように、本格的に短歌とその時代とに取り組んだ評論であることは間違いない。

次席は比嘉美織の「愛でる」。近代の家父長制の下での、女性の側から男性を詠った相聞歌を論じている。明治から大正時代にかけての「青鞜」に載った女性たちの作品である。「青鞜」とひと口に言っても、「君」に支配される恋の歌と、「君」（男）をかわゆいと愛でる歌とがあると分析している。ただ、後者の女性たちが、男を「かわゆい」と詠うとき、その男はたいてい年下の男であったことなどを論じてもよかったように思う。平塚らいてう自身、恋人は年下の男であった。「青鞜」というと勇ましい女たちという印象を抱いていたが、旧態依然として悲しい恋の歌を作っている者たちが多くいたという事実を教えられた。

そういう意味では、この論は学究的であり、実証的である。評論という性格からすれば、短歌の表現形式やレトリックなどにも言及してほしかった。しかし、女が男を「愛でる」という視点は独自性があり、読みごたえがあった。この評論は、フェミニズムの短歌史まで拡張してゆける要素が多分にあり、その可能性を見る思いがした。

言い足すなら、「青鞜」以後から中城ふみ子、河野裕子までの谷間の時代にも光を当ててもらいたい気がする。

候補論文は瀬戸克浩の「綺羅五十番歌合」。瀬戸の論は、塚本邦雄と俵万智の比較であり、俵万智が塚本に及ぼした影響を論証しようとしている。つまり、八〇年代に登場した俵のライトヴァースが一つの潮流となった頃、塚本の歌柄が変貌したというのである。誌面での要旨を読むかぎり、その例歌は一首しか挙げられていない。

嵌め殺し窓より見えて行列の尻尾《しっぽ》　縠潰しの婿入りか　（『献身』）

それまでの激しい愛の表現ではなく、「温和な日常風景」であり、「軽いブラックユーモア程度」であるとする。これは「俵から受けた素直な影響」だと言う。私にはその影響を実感としてとらえられない。ポップでライトの俵と、ペダンティックでウェートのある塚本を並べることに違和感があるからである。そしてまた、瀬戸の論は相聞についての論というより、性愛についての論に拡散しているような印象も受ける。

他の候補作諸氏の中で、私が関心を持ったのは山田航の「相聞としての近親愛」である。近親相姦は、ギリシア悲劇をはじめとして（『オイディプス王』など）古来より忌まわしくも抗いがたい魔力を持つものとして描かれてきた。そのような例として春日井建と平井弘の作品を論じている。現代社会の法制度では、近親婚は禁止されているが、禁止されればされるほど愛の衝動が湧くのも人の性の一つの側面である。春日井の妹に対する「聖性」と、平井の姉に対する「土俗性」とが、「それまでの短歌に疑問符を突きつけてくるであろう」と、現代社会への反逆性と捉える視点が新鮮である。

さて、こうして「評論賞」の一連の論文を読んでみると、現代の相聞の形がくっきりと浮かび上がってくるような気がする。「乾いた叙情」、男性に対する女性の認識の変化、恋愛と殺意との共存、軽いユーモア程度の性愛、法制度に制約された近親者への愛、等々。

ここから、どのような新しい相聞が立ち上がってくるのだろう。現代の相聞を止揚したところから生まれるとするならば、大胆でオープンな不倫であり、スポーツとしての性愛であり、女性主導の恋愛であり、男性を殺めるほどに激しい恋情であり、イモーラルな近親愛であるということになるのであろうか。

そうではないであろう。相聞歌という性質上、これは贈答の歌である。相手の気持ちを大切にし、敬い、愛おしい感情を伝達するためのものである。そこには、キメ細やかで、繊細で、ナーヴァスな思いやりが込められなければ、決して人の心を打たないのである。この点は古代も現代も変わらない。もう一度くり返すが、変わるのは表現形式である。だから私は、「新しい相聞」というのは、「新しい相聞の表現形式」という点に収斂していくのではないかと思う。

そして、その表現形式としての器の中に、これから変貌していくであろう新しい形の恋愛が盛られてゆくのである。新しい形の恋愛――それは若い人たちのものだけでなく、熟年ひいては老年の恋愛の中にも見い出されるであろう。

それは、現代を否定したもの、あるいは現代を肯定した上での延長にあるものなど、さまざまな姿を見せるであろう。「新しい相聞」は、決して一つだけの形を顕わすものではない。歌人の数だけ新しい相聞歌が提示される可能性を有するのである。これから恋をする人、あるいは今、恋をしている人が空を仰ぎ見るような存在の作品が出現することを願ってやまない。

「歌会始」と歌人

権力と文学

2009年4月

一月十五日付夕刊に、今年の「歌会始」の「お歌」が掲載された。歌人の視線は天皇や皇族の「お歌」より、選者の名前に行ったのではなかろうか。岡井隆は常連であるからさほど驚きはしないが、三枝昂之の名前にはサプライズを通りこして、呆然としてしまった。三枝と言えば、『やさしき志士達の世界へ』で、新左翼の心情を詠いあげて登場した歌人だったからだ。

檄文にちかき言葉を書きつのる冬の真昼の樫よりかたく
もうもうとしてゲバラより青臭きその体臭の雪はらいつつ

こうした作品には、直接的ではないにせよ、学生運動の側にスタンスを置いて声を発する作者像が見てとれた。それだけに「歌会始」の選者となったことへの歌壇の衝撃の大きさを想う。と同時に、個人的には寺山修司の次に愛読したのが三枝の歌集であった私は、裏切られた悔しさを覚える。なぜ、私がそのことにこだわるのかと言えば、天皇は国家と等置される権力の機関だからである。

私たち詩人であると自覚する者は、カナリアでなければならないと私は信じてきた。すなわち、炭坑に入る坑夫がカナリアの入った籠を提げて坑道に入るとき、ガスの臭いに反応したカナリアは鳴き声を挙げて危険を知らせるのである。その危険とは、国家権力によって、個人の人権や民主主義という国民にとって大切なものが失われようとする時である。だから、本質的に詩は抵抗詩という性格を帯びているはずだ。カナリアの声に耳を貸さずに破滅した例は、戦前のドイツである。キリスト者ニーメラーはこう言っている。

ナチスは初め、共産主義者を弾圧した。しかし、私たちは共産主義者ではないから黙っていた。次に、自由主義者が弾圧された。私たちは彼らと関係ないからやはり黙っていた。そして、次に教会が弾圧された。私たちはキリスト者だから立ち上がった。だが、その時はもう遅かった。

ところで、国家権力というと、何か前時代的な概念のように受けとる人もいるかもしれない。それは警察権力だけではない。立法権力、司法権力、行政権力の総体なのであるが、従来、司法権の中の警察権力だけがクローズアップされてきた。

しかし、現代においては、裸の権力行使ではなく、権力のソフトな装いのもとに私たちの権利や生活は脅かされている。国家権力の中でも、行政権には強大な力が認められているのである。行政行為には、その効力として「拘束力」がある。要件を充足した行政行為は相手方や第三者まで拘束する法的効果をもつ。さらに、行政行為が違法であっても、取り消されるまでは適法の推定を受ける「公定力」もある。その上、行政行為を行政権力は裁判所を通すことなく自力で執行する「執行力」まで有している。

　その他に、行政行為に誤りがあっても一定期間を過ぎれば争えなくなる「不可争力」とか、行政行為の変更を求められない「不可変更力」まで認められている。権力というものの性格が分かろうというものである。このことは、私たちに対する徴税処分に典型的に示されている。だからこそ、私たちは行政処分の手続きが公正になされることを要求し、行政手続法が法制化されたという、経験を経ているのである。国民が監視を怠れば、国家は強大な力となって私たちの自由や権利を侵害する、危険な存在なのである。私たちが権力というものを警戒するのは以上のような理由からだ。

　では、天皇は権力ではないのだろうか。日本国憲法は共和政を予定しているが、天皇制は唯一の矛盾の産物である。これはＧＨＱが日本政府に妥協した結果であることはよく知られている。天皇制が多くの犯罪的な結果を招いたにもかかわらず、制度として残されたのは、円滑な日本統治の必要を考慮したからである。したがって、この天皇制を抑制し、権力性を無化してゆくことが、本来の意味の市民革命の成就につながってゆくのだ。

　三枝はデビュー時にそれを志向していたはずだ。それを捨ててまで天皇の側についたのは何故か。国家権力対個人という対立はなくなったという時代認識なのか。思想対立はもはや概念としての対立に矮小化したと考えるのか。

　現実を見てみよう。最近の出来事だけでも、防衛庁から防衛省への昇格、旧財閥系の再編、中小企業の倒産、非正規雇用の拡大、派遣労働者への派遣切り、期間労働者の雇い止め、等々、格差はますます広がっている。ガスが充満し、カナリアが鳴いているのである。このような時に、天皇の側に身を置くことは、民衆の立場から権力の側に立ったことを意味する。これは行政官僚や国会議員が、その階段を昇っていくのと何ら変わりない。三枝が自らを宮廷歌人であると自認すれば別の話にはなるが。

ここで言及しておかなければならないのは、天皇と短歌の関係である。歌は政治とは関係がないと考える人もいよう。『万葉集』が、天皇から庶民まで、幅広く歌によってつながっていたのではないか、と。この点につき、『現代短歌研究・第一集』の田中綾の論考が参照されるべきだと考える。田中は次のように言う。

『万葉集』を「国民文学」だと信じて疑うことのない大衆こそが、今日においても政治的機能である「歌会始」を底辺で支えているのである。短歌形式と天皇制を語る際、この天皇制と結びつきやすい大衆の性質を、無視することはできないと思われるのである。

私はこの論に同調したい。とくに「歌会始」が政治的機能を心理的にも果たしている点に注目したい。『万葉集』の中の「防人歌」を例にとっても、さしさわりのない歌ばかりなのである。東国の農民、それも文字も知らないような農民が、九州防衛のために強制的に徴用され、家族とも故郷とも切り離されながら、なおも天皇を崇めていたとは想像しにくい。あるのは別れの悲しみであり、恨みや怒りの歌はそこにはない。言わば中性的な歌ばかりである。

「歌会始選者」の三枝の歌は次のとおりである。

この丘に生きるものみないとほしく木の実がこぼれ茶の花が咲く

個人の内面に沈潜し、王朝貴族の心情とも、貧しき者の感懐とも判別しにくい中性的な歌である。自分の拠って立つ場はどこにもない。ゲバラの体臭に想いを馳せた頃の、思想を求める姿はそこにはない。これが短歌の行き着く境地であるとするならば、あまりにも悲しい。

現代短歌の生き残る道　世代間の歌を比べて

2009年7月

「短歌研究」三月号の穂村弘と吉川宏志の対談を興味深く読んだ。

ここには、これからの短歌にどう向き合っていくかという問題が投げかけられている。ここでの問題提起のほかに、「角川短歌」の「一月増刊年鑑号」での栗木京子の評論「各世代の個性の華」で示された若手の歌集分析で感じたことを含めて、これからの短歌が辿るであろう論点を洗い出してみたい。

①短歌は人生を詠うものか

穂村は自分の短歌を読んだ石田比呂志から、「これが短歌なら腹を切る」と言われ、びっくりした思いを述べている。短歌には品格や重厚さがあればあるほど秀歌だという意識は多くの歌人が共有しているのかもしれない。私もこれを否定しようとは思わない。しかし、幼稚な表現や不躾けな語彙を含み、滑稽味に富んだりする作品を軽く見ようとも思わない。短歌は、自分の思いを他者に伝えようとする一つの器であり、その手段である。新歌人集団も、前衛短歌も、レトリックやメタファーの使い方には相違があったにせよ、品格や深みを重視し、眼前の対象物に自己の思いを投影させる手法という点では共通するものがあった。そういう意味では文学的香味が高かったと言える。
それをひっくり返したような作品が穂村弘の歌集『シンジケート』であったと私は思う。作品の中での穂村の言葉使いは計算されたものであり、幼稚だと切り捨てられない何かがある。古い言い回しかもしれないが、それは「もののあわれ」ではないかと思う。その一点で、旧世代と、すなわち短歌と繋がっているのであろう。最近の穂村の作品を引いておく。

おまえの年の数だけ豆を食べなさいと云われて僕はなんだかこわい
おにわあそとふくわあうちって父母のメロディーラインがとても変なり
（「短歌」四月号）

このような指摘は森本平にも、笹公人にもあてはまる。穂村について言えば、「昔にいったん戻してそれを異化すればそこの落差というものがつけられる」とも言っている。その「落差」にこそ、読者は魅きつけられるのではないだろうか。
しかし、そうであるにせよ、短歌に向き合うということは文学的営為であると自覚する作者が多数派であるかぎり、表現スタイルを意図的に操作することに抵抗感を抱くのは世代を超えた思いとなっているのであろう。

②短歌の分かりにくさ
これについては、世代間で共通した問題意識があるように思う。難解歌としてここで引き出されて

いるのが塚本邦雄である。

　馬を洗はば馬のたましひ冱ゆるまで人戀はば人あやむるこころ

これを穂村は「純粋な言葉の組み合わせとして読める」という。だが、この評は的を射ているだろうか。言葉と言葉が組み合わさってできた歌であるなら、意味の内容よりリズムを重んじていることになるのであろうが、この歌は意味も明瞭であると同時に、リズムも整っている。むしろ、塚本の発想の飛躍と言葉の選択の感性を評価するべきものと思う。他方で、穂村が「定型を空間とみて言葉は量的にとらえられ」ている、と述べた点には同感する。塚本の言葉には三十一文字以上の量的広がりを存分に感じるからである。

　この対談で、歌の分かりにくさの原因として、一首の中に作者の生身の時間が圧縮されていることが挙げられているが、私は他のもう一点、「システムの変容」による分かりにくさの指摘に注目したい。

　現代社会は、ものすごい速さで変容をとげている。今まで当然に存在した社会システムがまたたくまに遺物となり、進歩を束縛する桎梏にさえなりかねない。世代間のギャップから生ずる意味の不明な用法やメッセージは、これからこういう面から広がっていくのだろう。

　ところで、同じ分からない歌といっても、質的に変わった作品も登場している。

この森で軍手を売って暮らしたい　まちがえて図書館を建てたい
ここは銀河系のわらじ　さむがりや馬鹿者どもがすあしをつっこむ

笹井宏之『ひとさらい』

解釈不能ではないが、何を伝えたいのかを追い求めるとやはり分からない歌、ということになろうか。ここからは「ヒリヒリとした痛み」（栗木）のような感覚を受けとめられるが、モノローグめいた発話は、あるいは自己との孤独なダイアローグと捉えた方がよいのかもしれない。そこに在るのは、他者の視線を意識することなく言葉を紡ぎ、現実を異化する言語による営みである。夭折が惜しまれる。

話を戻すならば、システムの変容によって戦争、政治制度、社会生活、労働現場の作品は最も大きな影響を受けるジャンルである。新聞歌壇に太平洋戦争にまつわる歌がここ数年で激減したのも、時間の経過だけでなく、政治制度のありように理由が求められるだろう。ネットカフェで夜を過ごすホームレスの歌も、少し前までは想像できなかった現実である。

③歌のリアルについて

「リアリズム」は写実主義と同義であるが、ここでいう「リアル」は、「実感」とか「臨場感」という意味として使われる。魚をつかまえるのもリアルなら、回転寿司で魚を食うのもリアルである。つまり、現場の歌こそナマな現場なのである。だから、現象を額縁の写実のように表現しても、リアルとはならない。魚をつかんだ時の感じ、食べた時の味など、五感での感覚が表わされていなくてはリアルではないのだ。視覚だけでは充分とは言えない。そこは穂村に同感する。

戦争や政治的事件を詠うとき、客観性はあっても他人事のようになってしまうのは、メディアを媒介にして把握するからだろう。大状況を詠った従来の作品は、大概まじめであり、優等生的でありすぎた。誠実な作歌姿勢は好感をもてるが、新聞記事のようであった。

しかし、この点においても変化の兆しは見えている。現場にいなくとも、映像を自己の体感によってデフォルメしたり、自己の小現実と結びつけて詠う方法である。この点については、先行世代も評価に値する活躍をしている。

同時代を詠う　近代からの軌跡

2009年10月

当たり前のことだが、私たちは自分が生きている時代から物を考え、そして歌を詠む。誰も時代から逃れられない。とりわけ近代以降、国家は世の一隅に棲む個人の存在にまでその統制力を及ぼすようになった。そうした国家構造の中に組み込まれた私たちは、どこまで客観的に自己を見つめ、また国家の性格とその行方を捉えることができるのだろう。それを可能にするには、「何を詠うか」というテーゼを胸の中に保持することが重要なのだと思う。

このようなことを考えたのは、現在の日本が、大きなパラダイムの転換を目の前にしていることも一つの大きな契機となっているからである。アメリカの大統領に黒人のオバマ氏が就任したことは、多くの国々に変化の期待を抱かせている。オバマ大統領の実現は、中南米諸国や東欧・ロシア、中東、そしてぎくしゃくしていたドイツやフランスに対してまで、良好な関係を築こうとしている。グアンタナモや核兵器の問題に対するオバマ氏の政策は、多くの人々の共感と希望を呼び覚ましている。日本での新しい政権への期待もこの流れと無縁ではない。

では、私たち歌人は過去において、どのように時代を生きてきたのであろうか。

地図《ちづ》の上朝鮮国《てうせんこく》にくろぐろと墨《すみ》をぬりつゝ秋風を聴く

と石川啄木は韓国併合を見ていた。他民族を征服し支配する自国の政策を寂しく想う彼の感情と、朝鮮に対する同情の念が物悲しく表わされている。彼がここまで冷静に日本の在り様を把握することができたのは、外国の文献や新聞の記事を熟読していたからであろう。彼は歌の本ばかり読んでいたのではない。広い知見と洞察力が、的確な認識を生み出していたのである。

ヒットラのこゑ聞きしとき何か悲し前行《ぜんかう》したりし楽《がく》も悲しも　斎藤茂吉『白桃』

ヒンデンブルク大統領の葬儀の際の歌である。ヒットラーがそれを挙行したのであるが、ヒットラーに対して不吉な想いを抱いていたと言われる。茂吉は、これより以前、ヒットラーの演説を聴いており、滅びへ向かうのを予兆していた。後に戦意昂揚歌を作ることになったが、この頃は政治に対する鋭い感覚を保持していた。一概に茂吉を否定しえないのは、このことにもよる。政治家の演説を聴き、時代の動きにも関心を寄せていた。

いつの間に夜の省線にはられたる軍のガリ版を青年が剝ぐ　近藤芳美『埃吹く街』

徹底抗戦を叫ぶ軍の書いたビラを一人の青年が勇敢に剝がした、新しい時代の到来を告げる歌である。目の前の小景だが、パラダイムの転換を詠んだ大きな物語が背後に聳えている。この青年の行動を作者は支持し、読者はそれに共感したのである。

以上のように、日本がアジアへの侵略を始めようとした時、ヨーロッパでファシズムが確立しようとした時、そして日本に民主主義が根付こうとした時、歌人は時代の変化を敏感に感じとっていたと言うことができよう。

では、現在の私たちはいかに時代に向きあっていると言えるのだろうか。

撃たれたる少女の口より漏れ続く異国の言葉の「母」といふ語彙
矢部雅之『友達ニ出会フノハ良イ事』

湾岸戦争は、アメリカの正義がいかに悲惨な結果をもたらしたか、現場を見た者なら憤りを覚えるだろう。メディアを媒介にしてそれを知る私たちさえ、怒りをおさえることができなかった。少女が「お母さん」と絞り出す声を聞いたのは、まさに青年がガリ版を剝ぐのを見たのと同じ体験なのだ。ここには、アメリカという帝国の為した末端の行為が如実に映し出されている。世界帝国へと変貌したアメリカの実態が凝縮されていた。

こうした大きなテーマを詠う時、おうおうにして概念歌になりやすいことはよく経験することである。自分に引きつけて詠う方法として参考になるのは次の作品である。

十三歳のパレスチナの少年射殺されぬ十三歳は眠くてならぬ歳なり　　川野里子『太陽の壺』

自分の近くにいる子供と重ねあわせながらパレスチナの遠い戦争を詠っている。遠くにある現実を、自分の周囲の現実に見い出している。秀歌というべきであろう。

ところで、日本をとり巻く国際情勢の中で、深刻な問題となっているのが北朝鮮の核兵器の使用である。この国が瓦解する前の最後の悪あがきのように見える。昭和の戦争を体験し、今、この現実を見据える岡野弘彦の最近の作品を引用したい。

ミサイルが空ゆく日なり。うら若き阿修羅の像を　われは見にきつ

列島をくれなゐ深く北上す。桜前線も　ミサイル弾も

核廃絶を説く大統領はよけれども、ああたどたどし　日本の平和

（「短歌」五月号）

人々に暗い翳をおとしていた核兵器の廃絶を、最多保有国の大統領がプラハで演説したということに希望を抱いた人は多くいたはずである。この世界史の転換を、川野のように自己に引きつけて詠むことが期待されるのではないか。そして、北朝鮮にも大きな転機が訪れるのは時間の問題でもある。その時になって詠い出すのではなく、歴史の流れを注意深く見つめ続けた上で、その結果として起こった事件を詠うことが求められよう。

今、この「時評」を記している間、マスコミが政権交代の記事を矢継ぎ早に流している。どのよう

な政権が成立し、どのような政治が行なわれ、どのように社会が変化してゆくのか。私たち歌人は歴史の大きな転換点の上に立っている。大きく揺れ動く社会の中で、何を、どのように詠うのか、大きな試練が待ち受けている。戦後民主主義の中で育った私たちが初めて体験するかもしれない出来事を、ニュースによってではなく、自分自身の眼によって作品化することが問われてくるものと思われる。それは、「ガリ版を剝ぐ」のを見ること、「お母さん」と呟くのを聞くことであろう。

現代の新人たち 「角川短歌賞」から

2010年1月

今年の第55回「角川短歌賞」は、「夏の曲馬団」の山田航が受賞した。伸びやかな詠いぶり、青年の清新さ、読む者に訴えてくる切なさ等、いずれも秀逸な作品群である。授賞の理由について、各選者は次のように述べている。「ある程度将来性が大事だけどやはり即戦力」(永田和宏)、「完成度」「スタンスとして極めてノーマルな感覚が全体を通している」(三枝昻之)、「今の時代感というか、爽やかな歌もあるし、ものの捉え方も上手だ」(梅内美華子)、「普通の言葉で歌にする努力をしている」(小島ゆかり)などの評価があった。そして、さらに三枝は「普通の言葉で詩にするというのは新人賞に一番求めたいところ」であり、その点、山田の作品が支持された。

山田は一九八三年生まれの二十六歳。「かばん」の会員で、札幌市に在住、二十一歳の夏に『寺山修司歌集』を読んだのが本格的に短歌に入っていったきっかけだったと述べている。

次に受賞作を見てみよう。

ああ檸檬やさしくナイフあてるたび飛沫けり酸ゆき線香花火

知らぬ間に解けてしまつた靴紐がぴちぴち跳ねて夏がはじまる

前掲の歌は、ナイフを入れたとたんにレモンから汁が噴き出した様子と、それを線香花火のようだと比喩した歌である。ナイフを小道具として使うのは少しレトロ調ではあるが、下句の飛躍した比喩と見事にマッチして、かえって歌を鋭角的なものにしている。後掲の歌は、スニーカーを履いた者なら誰しも経験することのある靴紐のほどけをさりげなく詠みこみ、下句の躍動感に展開するあたりは実力であろう。

目覚めぎは僕はひとつの約束を胸に浮かべたまま山羊となる
くるくるの丸文字の群れに挟まれてねぢれたままの手帳の栞

前掲の歌は、ややメルヘン調で幼さを感じさせはするが、山羊となる作者の心情のやわらかさ、優しさを連想させる。後掲の歌は、これも私たちが何気なく経験する日常の一部分を、うまく表現しえていると言えよう。

向日葵の斬られて倒れゆくまでの巨き時間を真夏と呼べり
しろたへのTシャツ庭に干されをりはばたくことを知らざるつばさ

前掲の歌は、「時間」という抽象的概念的なものを具体で示したところに見どころがあるように思う。後掲の歌は、「Tシャツ」がよく効いている。しかも、いきなり置くのではなく、枕詞から入ったところに技巧も感じさせる。

僕らには未だ見えざる五つ目の季節が窓の向うに揺れる
地に落ちる水の未来をおもふとき涙はふいに逆流をする

ここには発想の飛躍がある。「五つ目の季節」「涙はふいに逆流をする」といった表現に既視感はない。

以上、数首を抄出したが、選者の中でも、小島が言っているように、この山田の作品の「自分の手で世界に触ろうとしている」ところは積極的に支持されるべきだろう。

思うに、新人賞は、歌壇に新風を巻き起こし、将来性を秘めた、才能を感じさせる歌人にふさわしいものであろう。そういう意味で、山田の受賞は慶ぶべきものである。ただ、一つ注文をつけるならば、作者像が稀薄だったことである。対象の掬い上げ方、心の揺らぎなどは評価に値するが、作者像が物足りなかった。しかし、将来性の豊かさを感じさせられた。

作者は破滅型・無頼派ではなく、誠実に「生きる」ということを追求するタイプだろう。そして、ナマな生活感情を表出するのではなく、それを異化し詩的世界に昇華させるロマンチストと言えよう。

次に次席となった紅月みゆきの「シュレディンガーの猫」について付言したい。題の意味するところは、永田によれば、この世というのは自分ひとりで認識できたとしたら、それは違うのではないかという疑問だという。題名からして哲学的なイメージを連想させるが、意外に柔らかく受容できる作品群である。

暴動報じるテレビを消した火炎瓶を一度も投げたことのない手で
冷蔵庫がふいに鳴りやめば星がひとつ滅んだあとの静けさがくる

前者は社会とつながっていたいという欲求と、それが充足しえない自嘲がにじみ出ている。暴力を否定も肯定もしえない焦燥感も同時に内包されている。後者は、知的な世界を構築していて、スケールの大きな歌である。目の前の小現実である「冷蔵庫」から宇宙を引き出す対比がうまくマッチしている。

生きいそぎ生きいそぎして人はある日鳴きやむ蟬のように壊れる
少しずつ失くしているのはなんだろうだあれも汗をかかないオフィスで

前者は、下句が梅内美華子が言うように、「呆然自失したような感覚が伝わって読者として痛みを共有できる」点に嘱目した。普遍性と同時に、はかない人間存在の哀しみを帯びている。後者は、一見何の事がらもない歌であるが、妙に心にひっかかる歌である。冷酷に過ぎ去っていく「時間」というものに思いが行きつくのである。

祈るように（とはいえ何に）消防車のはしごは静かに折りたたまれて

選者の意見と重複するのを避けて言えば、社会の枠の外にいるような視線がある。それが客観性をもつ反面、パッションの欠落にも通じているのではないか。山田、紅月の両者とも、社会の荒涼とした現実に立たされた時、文学とは何かという問いに直面することだろう。しかし、両者とも今はその才を思う存分発揮してほしいと願う。自らの道を突き進むとき、必ずそこにはその問いが待っているだろうから。

戦後短歌の遺産　今、学ぶべきもの

2010年4月

昨年（二〇〇九年）の角川「短歌」十月号で、岡井隆と小高賢の対談があった。テーマは「戦後の短歌とは何だったのか」である。岡井隆は戦後短歌運動の中に身を置いていたがゆえに、その発言には関心をもった。また、小高の戦後短歌史に関わる著書を有する立場からの、岡井とのクロストークは示唆に富むものであった。そのいくつかの点を挙げてみたい。

（1）俳句・短歌に対する第二芸術論

歌人も近藤芳美さんたち戦後派の人たちが一所懸命になって、社会性がないと言われることに、自分たちの歌はそんなことはないんだということを歌の上で示そうとした。

この時、知識人も詩人も伝統芸術から離れていった。しかし、そのために鋭いしっぺ返しを食らったのは詩壇であり文壇だった。現に元気がないのは、あの時に伝統文芸を通過しなかったから。（岡井）

（2）戦前に対するはっきりとした戦後性

近藤芳美や宮柊二、そして大野誠夫たちの作品と比べて、絶望感とか虚無感とかは、村野四郎や西脇順三郎の方が深かったのではないか。歌壇だけでなく、詩壇全体を横断的に見る必要がある。山本友一や香川進らの戦争体験の歌もいいのだが、体験主義、リアリズムで来ていて、手法が古いので戦後性が弱い。（岡井）

（3）文学へ向かっていく姿勢

野間宏、武田泰淳、椎名麟三、埴谷雄高など、小説での第一次戦後派の中の野間宏へ近藤芳美は接近した。これらの人たちの中には、倫理性をどこか背負っている。マルクスとフロイトの影響がものすごく強い。文学全体（たとえば文学史）を捉える姿勢が大切。（岡井）

⑴ （1）の点、第二芸術論は短歌に社会性がないことを批判の一つにした。花鳥風月を詠じる作品が、それほど多かったということであろう。我々が生きるこの現実を詠わないで何を詠うか、という当然の思いが、近藤芳美の『新しき短歌の規定』を生んだのである。また大野誠夫『薔薇祭』から何首か抄出する。

罪と知りて犯せしならむ子を負へる女も曳かれゆく凬の路

劇場の切符売場の網《あみ》のなか嘗て見知りたる寂しき眼あり

体《からだ》売りて得し外套の白き群流れつつゆく更けし歩廊を

このように、社会を詠うことは、この新歌人集団によって確立されたと言ってよいだろう。そして、その流れは今日にまで続いているのである。社会を詠うことに短歌は有用であることを確認しておこう。最近の歌集に日常の生活が詠まれるものが多いことは、政治が安定していることによるのであろうか。そうではないはずである。百年に一度の大不況と言われる今日ほど、社会に目を向け、それを作品化することが求められているのではないだろうか。昨年まで五年連続して自殺者が３万人を越えたと言われているこの日本の現実の姿をさまざまな角度から捉え、人の心に訴えることが我々の責務ではなかろうか。

⑵　（２）について。戦前の作品というと、名のある歌人の作品しか読んだことがないのだが、何となくのっぺりした感じの作品が多く、感情の起伏が伝わって来ず、作者の像が浮かんでこないという印象をもつ。その点、戦後の歌人の歌には生き生きした躍動感や、失意のときの虚無感など、人間の生来の体温が伝わってくるような感じがする。この延長上に私たちは存在しているわけである。

　また、他のジャンルである詩壇や俳壇にも、私たちは関心を注ぐべきであろう。韻文にある詩性を鑑賞して摂取するのも、短歌を創作する上で、大きな収穫をもたらすことにもなる。最近、「詩歌句」という言葉がしきりに使われるが、まさに韻文同士の同一ジャンルと見なしてよい。作品制作上の技法は異なるにせよ、作品全体から受けとる詩性は同一のものと言ってよいだろう。

　また、短歌に関して言えば、リアリズム、体験主義だけでは古風な作品になりがちだとの指摘は、現在の私たちの作歌姿勢にも妥当する。短歌的叙情の新しさが存在しなければならないということである。新しい作品世界の動向に、つねに気を配っていなければならないということでもある。自作に満足しているならば自己模倣となってしまうであろう。
(1)で挙げた大野誠夫の作品の新しさは、現在の私たちの作品と比較すれば、一目瞭然であろう。

(3)

(3)について。作品に倫理性の有無が、作品の良し悪しを左右することもあろう。第一次戦後派にあったのは、マルクス主義の倫理観だったようである。野間宏に近藤芳美が接近したのも、その倫理性を共有していたからであろう。
ただ、注意すべきは、野間が次のように言っていることである。

「現代らしく工夫をこらした短歌が、氾濫しているんですよ。それを見るとぼくはヘドが出そうになって、なんだって小説の真似をしやがってと」
(近藤芳美『短歌と思想』)

以上のことから私たちは次のように言うことができるのではないだろうか。第一に、社会性を深く保った作品を目ざすべきこと。これこそが、戦前と戦後を分かつ分水嶺であろう。これは女性歌人にも求められる。第二に、喜怒哀楽の感情を、つまり感情の起伏をこの定型という器にもっと盛りこんでいいのではないか、ということである。もっとヴィヴィッドに作者像が出ていいように思う。第三に、作歌姿勢として一定程度の倫理性が要求されることはあろう。もちろんそれは、マルクスやフロイトではなく、新たな別のものでよい。ただし、この倫理性とは作品内容のそれではない。

最後に、戦後短歌は今日までの間に多くの運動を積み重ねて来たことを付言しておこう。この「時評」では新歌人集団のあたりの運動しか射程に入れることができなかった。そして今、この新歌人集団を担った歌人たちも、或る者は逝去し、或る者は高齢となった。それだけに、新歌人集団の後の前衛短歌運動を担った岡井の対談での発言は貴重なものがある。

戦後短歌には、敗戦という歴史を経たあと、大きな政治的社会的変革が背景にあったことを忘れてはなるまい。私たちの創作活動の背後にも、つねに社会の変化が起きつづけているのである。それを見逃さない感覚が歌人一人一人に求められている。

原爆と竹山広　韻文の挑戦

2010年7月

この三月三十日、竹山広が逝去した。享年九十歳。被爆体験の短歌を多く残して去った。私たちは彼の訴えをどのように受けとめるべきであろうか。被爆という世界史的な惨劇に遭遇した体験を、短歌という詩型によって表現するのは社会詠もしくは時事詠と呼ぶべきかという問いかけも挙げられよう。短歌以外の詩型では、峠三吉が一九五二年刊行の『原爆詩集』に自身の被爆体験を詠んでいる。その「序」はあまりにも多くの人に知られている。

序

ちちをかえせ　ははをかえせ
としよりをかえせ
こどもをかえせ

わたしをかえせ　わたしにつながる

にんげんをかえせ
にんげんの　にんげんのよのあるかぎり
くずれぬへいわを
へいわをかえせ

峠三吉はこの詩集の「あとがき」に次のように記している。

「（被爆の）回想は嘆きと諦めの色彩を帯びながらも、浮動してゆく生活のあけくれ、残された者たちの肩につみ重ねられてゆく重荷の中で常に新しい涙を加え、血のしたたりを増してゆく性質をも（つ）」

「この出来事の実感を伝えこの事実の実体をすべての人の胸に打ちひろげて歴史の進展における各個人の、民族の、祖国の、人類の、過去から未来への単なる記憶でない意味と重量をもたせることに役立つべく……」

「これは私の、いや広島の私たちから全世界の人々、人々の中にどんな場合にでもひそやかにまばたいている生得の瞳への、人間としてふとしたとき自他への思いやりとしてさしのべられざるを得ぬ優しい手の中へのせい一ぱいの贈り物である」

（傍点、今井）

長く引用したが、峠三吉は「新しい涙を加え、血のしたたりの増してゆく実感」を伝えようとし、その詩に「単なる記憶でない意味と重量をもたせ」ようとしたのである。

私は、同じく被爆した竹山広が、この『原爆詩集』を読んでいたに違いないと確信する。詩ではないけれども、短歌という詩型によって、「新しい涙」と「血のしたたりの増してゆく」のを訴えようとしたに違いない。

私の手元にある竹山の第五歌集『千日千夜』には、被爆五十年の作品が収められている。

①原爆忌原爆忌ぞと声あぐる人のちからはいづこよりくる
②一分ときめてぬか俯す黙禱の「終り」といへばみな終るなり
③爆心のゆふぐるる碑に対ひ立つ青年よ空を見ずに去るのか
④詠ひて誰に遺しゆかむといふならずただ一人おのれみづからのため

①は、忘れ去られてはならないと原爆の悲惨を伝えようとする人たちが、精いっぱいの運動をくり広げていることへの畏敬の念であろう。

それに対して②は、冷徹に現実を見ている。原爆忌もたった一分間祈りを捧げれば、それで終わってしまうという、あっけなき式典のことを指しているのである。

③は抒情性のある歌である。竹山にはこうしたみずみずしい歌が散見される。そして、この「青年」は、私たち慰霊碑に対う者をも指しているのであろうか。弔われる者たちは天にいることを暗示

しているかのようでもある。

④は、被爆の歌は自分自身のために作ると詠んでいるけれども、読者がいることを想定していることまでは否定できない。自らのために詠うことが同時に、読者へも向けられていると言ってよいだろう。

峠と竹山の作品を並べてみると、峠の方が叫びに近い強い語調である。それに比して、竹山の歌は抑制的で客観性がある。自分自身をも、他者をも、客観視している。

その違いにはいくつかの理由が考えられる。被爆から七年たった（正確には六年）頃に詩作した峠と、五十年経った時に作歌した竹山の、「涙と血のしたたりの実感」の薄れが一つ（1）。その他に、詩型の違いによるところも大きい。短歌では、ストレートな感情表現がスローガン的になってしまう傾向があり、それを回避しようとする作歌姿勢がある。さらに、事件や政治を詠む時に、短歌は小状況から詠んだ方がリアリティーが出ると言われていることも、両者の違いに影響を与えている。「にんげんをかえせ　へいわをかえせ」という詩での表現は抽象的であり、為政者へのメッセージである。それに対して、「黙禱の「終り」といへばみな終るなり」という歌は、具体的であり、目の前の景である。このように、同じ被爆を詠みながら、両者の間には方法の上で明らかな違いがある。

しかし、そういう方法の上での違いはありながら、竹山は峠のように、「実感」と「単なる記憶でない意味と重量」を「人間の優しい手の中へ」贈り物として伝えていこうとしたのであろう。

この被爆五十年の翌年、竹山は、

アメリカに一発の核を落とさんか考へ考へ燃ゆる枯菊

と詠んでいた。一九九六年のことである。この時点で、アメリカの単独行動主義に憤りを覚えていたのである。九・一一の五年前の作品である。そして、また、

地上にはよき核わるき核ありて蛍の尻のひかる夜となる

と詠っていた。

齢を重ねるほど時代を見通し、作品化する力が増していった作家であったというほかはない。峠三吉と同じく、韻文によって戦争や平和を問いつづけることに挑戦し、貴重な業績を私たちに残して去った。流行り廃れる歌にあくせくすることなく、志の高いテーマを追い続けることの大切さを私たちに示した。竹山広の作品をもう一度検証してもよいのではないだろうか。そこに大事なものが詰まっているのを発見できるような気がしてならない。

注（1）「再び竹山広について」（本書P165〜169）参照

沖縄を詠む　地方結社の役割

2010年10月

今年前半の日本の政治で最大の争点となったのは、沖縄の普天間基地を県外・国外へ移すことができるかということであったろう。

四月二十五日には沖縄で県民大会が開かれ、大会事務局の発表で九万三千七百人が参加した。そして、日米両政府が普天間基地を早期に閉鎖・返還するとともに、県内移設を断念し、国外・県外に移設することを求める大会決議が、満場の拍手で採決された。

翌二十六日の「琉球新報」は1面と最終面の見開き二面分を使って、この大集会の模様を写真入りで報じている。これほどの大衆行動は規模こそ違え、六十年安保闘争以来のできごとではないだろうか。この基地移設問題は、本土でも新聞やＴＶで盛んに報じられた。多くの国民が結末の行方を注視していたのである。

では、歌壇はこの問題にどのように向き合ったのであろうか。大手の短歌雑誌の五月号から八月号までを見渡しても、私の知る限り正面から作品化した歌人を見い出しえなかった。そういう私も、自分の属する結社に、この問題に関する作品を投稿しなかった。この一事をもってしても、沖縄の人たちが本土に裏切られたと感じるのは無理もないと言わざるをえないだろう。

五十年前の安保闘争では、岸上大作や清原日出夫らが闘争の担い手としての立場から斬新な作品を掲げて登場した。その発表の場を短歌ジャーナリズムは用意したのである。生命の危険に晒されている沖縄をよそに、平和な生活を享受している本土の私たち、これは少しおかしいのではないかと気づくべきではないか。そうした矛盾を意識するならば、私たちは何らかの葛藤を抱くはずであり、それを打ち消してはなるまい。そして、私自身も平和に慣れすぎてしまったというほかに弁明のしようがない。

安保は日本国民全体の問題だという見方と、基地は沖縄の問題だという意識が私たち本土の人間に潜在意識としてあるのかもしれない。それでもなお、痛覚としてこの問題を捉えられない私たちは、日常の生活を詠うことから度し難いほど逃れられないのかもしれない。

そんな心の痛みの中で、私は沖縄の地方結社「紅短歌会」を知る機会をもった。毎月一回「くれない」という歌誌を発行し、今年の六月号で通巻96号となっている。結成八年くらいになるのであろう。六月号を見ると二十七名の出詠者がある。多くの作者が県民大会の様子を詠んでいる。

基地はノー島びと九万炎《ひ》となりて画像みつむる車椅子《いす》の身の奮ふ
ひとひとひと画面あふれて人の海この国ゆるがせ県民大会
玉城寛子

車椅子の身にある作者の、TV中継を見つめながらの激しい感情の熱さが伝わってくる。

県民の願ひ踏みにじり辺野古へとうつちやりくらひし米基地移設
友愛とは米国向けの言葉ならむ県民を愚弄する総理の二枚舌
池原初子

国の指導者を信じた末に、約束を反古にされた県民の怒りと、県民よりもアメリカを大切にしたことへの厳しい批判が込められている。

父さんの肩車で見た沖縄の抵抗の姿　坊や記憶せよ
いくそたび突き上げられた拳には島の苦渋が握られてをり
古堅喜代子

父から子へと語り継がれるであろう県民の抵抗の集会を、作者は次の世代をも見すえて希望とする。シュプレヒコールとともに突き上げられる拳には沖縄の幾多の苦しみがこめられているのである。

泣かぬ子と母の言ひし赤子の我も壕の闇に生きしひとりよ
ウチナーグチの住民スパイと殺したり友軍といふ日本の兵は
玉城洋子

沖縄の人たちが本土に裏切られた、或いは政府に切り捨てられたという思いを抱くのは、沖縄戦と切り離しては考えられない。今でも沖縄戦での住民に対する軍の行ないは、深い傷跡を残しているのである。基地の県外・国外移設の実施は、その傷を癒やす機会であったはずである。

このように、「くれない」は、沖縄の問題や暮らしをテーマにしている歌が多い。地方結社ならではの短歌誌である。そして、そこには、日本の良心と言ってもよいような思いが感じられるのである。

折りしも角川「短歌」七月号に、雁部貞夫が「くれない」を紹介しているのを目にした。「地方色が豊かだという点では、本州ではこれに匹敵する歌誌は他のどの地方にもないと断言してもよい」と述べているが、同感である。

最後に、基地移設の問題と短歌の関係、言い換えるならば、政治と文学の関係を付言しておこうと思う。埴谷雄高はこう述べている。

恐らく、私達は、無いものねだりを、執拗につづけているのである。例えば、私達は目的のために手段を選ばぬという点で、政治を弾劾する。だが、目的のために手段を選ばぬことは、事態が急迫したときに現われる政治の根本性格であって、その過激な、威圧する力をもたずしては、政治的な如何なる工作もなりたたない。

私たちの（間の）食いちがいは、政治をヒューマニズムと同一視しようとする願望から起っている。そして、この錯覚は、政治が屢々ヒューマニズムを仮装するため、いよいよ強められている。だが、政治は、あらゆるものを自らに利用するだけであって、それ自体の価値を利用価値以外に認めない。

（『埴谷雄高政治論集』「政治をめぐる断想」）

埴谷は冷めた眼で、政治と私たちの間の距離を論じている。この論は冷戦期のものであるが、今でも政治の本質は同様なのであろう。

しかし、それでもなお私は政治をヒューマニズムと同一視しようとする願望を捨て切れない。それは憲法秩序の基本的人権の保障が、現代政治の根幹に据えられなければならないからである。このことはパワー・ポリティクスの現実の中においても貫徹されるべきものと考える。机上の文学論であってはならない。「くれない」の方向性は、まさにそこにあらんとしているかのようである。他方、「目的のために手段を選ば」ず、そして「ヒューマニズムを仮装」もしない政治というものを抉り出す作品を追求してゆくべきことも、私たちにとっての大切な課題であるに違いない。

現代短歌の諸相　二〇一〇年の作品から

2011年1月

現在、歌壇に流通している作品がどのようなものか、二〇一〇年の各世代の作品を採り上げて紹介してみたい。そこから次への潮流が見えてくるのではなかろうか。短歌も歌である以上、流行り廃りの宿命から逃れられない。「流通」と言ったのはそういう意味であり、決して侮っているわけではない。現代の社会状況にもてはやされる歌もあるであろうし、二十年先、三十年先になっても輝きを失わない歌もあるであろう。今回の「時評」は私の余計な歌評を少なくして、読者の判断に委ねる部分を多くしてみたい。

猫はふつう橋を渡らず一生を終えるのだろう　夕暮れの橋　　佐佐木幸綱（「短歌往来」二月号）
ゆうぐれの街を区切れる川ありて遊覧船を見つつ橋越ゆ
原爆ドームの夜を車に見て過ぎぬまだ飲み足りぬわれは連れられて
資源ゴミもゴミなり一升瓶二本提げてとぼとぼすてにゆく朝
生き蛸をつかめる腕をふりあげて喪服のわれに笑顔投げくる

いずれも満たされぬ自己の胸中を、日常のとりとめもなき些事に託して表現している。そこに見られるのはやるせない男の姿であり、これでいいのだろうかという反問をもちつつも、現実に流されてゆく孤独な魂である。

次に、つい最近まで歌壇で華やかに活躍していた河野裕子の作品に眼を転じてみたい。

抱きしめてどの子もどの子も撫でておくわたしに他に何ができよう

河野裕子（「短歌往来」七月号）

葉の影があかるく草に揺れてゐる二年生になりし子が二年生と来る

ひとり居の昼は夜より淋しきを紅茶カップの耳撫でてひとり

帰り来しこゑに動悸して起きあがる夫子《つまこ》と言へる身近き者にも

今日は今日一日ぶんの時間あり外気に触れむと新聞取りに出る

自己の死を予見しながら、生きている現在を冷徹に見据えた強靭な精神力と言うべきだろう。幼子だけでなく、紅茶カップも外気でさえも、死が明日かもしれぬ宿命から見れば愛しい存在なのである。自分の思いを素直に表白する河野の特質は最期の時まで失われなかったのである。

さらに世代を下った作者に注目してみたい。島田修三の歌集から引用する。

「蓬莱屋」の二階座敷も煙草喫めず俺のつけたる焦げ跡も消ゆ

島田修三『蓬歳断想録』

豊年の満作の乳房おもひゐがき寝ねぎはまばらに官能そよぐ
豆腐売りを鍋もて追ひし日の暮れも遠くいづくか下駄の音聞こゆ
しかばねの母にまぢかくひと夜さを越ゆればひもじ胃の腑はことに
へべれけのままのぞみたる会見の自堕落の図のいたく親しも

まことに男らしい歌である。男くささというより、人間くささという方が適切だろう。この世代特有のセンチメンタルなところがなく、実に開放的である。佐佐木と同じく日常の些事を素材にしているが、佐佐木が自己を小さく見るのに対し、島田の自己肯定の強さは顕著である。そしてまた、政治家へのシニカルな眼と去りゆく者への共感と同情が通底しているところも見逃すことができない。

次に四十代、五十代にかけての作者を取り上げてみたい。

歯ブラシで擦《す》るがにざらざら月光の注ぎゐるのは荒物屋の屋根　川野里子（「短歌」二月号）
「人間はよいものかしら」と狐問ひ「よいものかしら」と人間も問ふ
人間の手となるまへのみづからの両手を飽かず幼子見てゐし
冬眠ゆ覚めぬ獣のあると言ふかならず目覚めよカプセルホテルに
近代日本大博打してやぶれたり　夜道を打ちてコイン走れり

「荒物屋」も時代の産物というべきだろうか。また、最近の犯罪報道を見ていると、人間が善なる存在であろうかと疑念さえ湧いてくる。この人間としての規定は、幼子の段階を終えるときであるのだろう。冬眠から覚めないのは夜遅くまで働く人々であって、カプセルホテルを利用する社会層を通して過労死の状況を告発しているかのように思える。また、富国強兵をめざした近代日本は、闇の中を転がるコインのようにいつか倒れて転ぶ宿命を負っていたのであろう。川野の歌は人間とか歴史とかを作品の奥のところに内蔵しているように思える。

最後に二十代前半の新人を取り上げてみたい。二〇一〇年の「角川短歌賞」受賞者の作品である。

カーテンに遮光の重さ　くちづけを終えてくずれた雲を見ている

辻褄を合わせるように葉は落ちてわたしばかりが雨を気にする
返信を待ちながらゆく館内に朽ちた水草の西洋画あり
途切れない小雨のような喫茶店会おうとしなければ会えないのだと
これが最後と思わないまま来るだろう最後は　濡れてゆく石灯籠

大森静佳（「短歌」十一月号）

一連、光彩をふりまく眩しさを感じさせる。印象派の絵画を見るようなエキゾチックな趣きがある。表面的なものだけでなく、「途切れない……」の歌にある意志の大切さや、「これが最後と……」の歌にある人間の死角のような部分を詠みこんだところは、作品の深さと広がりも帯びていると言ってよい。

以上、各世代の作品を並列させて見てきたが、これを無理矢理ひとつのマッスにして括るのは無益であろう。しかし、素材、別の言葉を使えば、詠う舞台が非常に卑近な事柄であることは共通していると言えよう。卑近な素材、すなわち日常の身のめぐりの事象を詠むことは「唯事歌」に堕する危険もあるが、これを詩的に昇華する力量があれば、材料の宝庫ともなる。この材料を生かすために、歴史などの他分野の摂取もこれからは大切な営為となるであろう。

歌のゆくえ　これからの展望

2011年4月

この数年、歌壇では過去の短歌運動に関する研究が活発になされている。「アララギ」に関するものには大辻隆弘の労作（『アララギの脊梁』『岡井隆と初期未来』など）が出ているし、前衛短歌に関するものについては、三枝昻之・佐佐木幸綱・永田和宏を中心とするメンバーによって、角川「短歌」に昨年（二〇一〇年）一月号から連載が続けられている。

我々の短歌がどのような潮流の中から作品化されているかを振り返ってみるとき、これらの業績は貴重な示唆を与えてくれる。大まかに言うと、「アララギ」のキーワードは「写実」であり、前衛短歌のキーワードは「修辞」だと私は考えている。「写実」は実体論であり、「修辞」は方法論であると言ってもいいのではなかろうか。

この後の世代に、ライトヴァースと呼ばれる現象が現われた。この世代は、「写実」と「修辞」を巧みに自己消化していったと言えよう。或る者は「写実」に重きを置き、或る者は「修辞」に重きを置いていったというように。

もちろん、このように単純に図式化できるわけではない。戦前のモダニズムも戦後まで引き継がれている。ただ、小高賢が『転形期と批評』の中で述べているように、戦後モダニズムは加藤克己のあたり以降は、影響力は弱くなっているように見える。そして現在は、実景に捉われないところで作品化がなされ、シュールな方向への兆しが見えはじめているように見える。特に若手の作者にその傾向がある。

また、社会的事件を詠まないというのも、もう一つの現象であろう。社会性に無関心であるのが現代の特徴であるなら、社会性のないのが社会的であるという逆説も成り立つ。確かに短歌は、社会性だけで括れないものをも詠う。悲しみや苦しみ、淋しさや孤独を社会性だけでは掬いとれない。かといって、同時代への心の表現を怠ることを肯定しえない歌人も多いのではなかろうか。

こうした歌壇の状況から、我々は文学としての短歌の可能性が、どのような方向へ展けていくか、それを探っていくのも意義があろう。この展望に際して三つの観点からアプローチしてみたい。

第一に、言語の問題である。言文一致運動以降、小説においては今や文語小説など皆無である。それに対して、短歌では依然として文語の使用が多くの作者によって行なわれている。それも、純然たる文語体ではなく、口語まじりの文語使用なのである。それは一見、古いかのような外観を作品から感じとる作用がある。けれど、すでに多くの論者が指摘しているように、そのことは短歌特有の深み、重みをもたらす効果があることは否定できない。聖書の文語訳がいまでもしばしば引用されるのも、それと相通じるものがあるからにほかならない。

ただ、短歌においての文語使用は、一般読者を獲得することや短歌実作への関心を抱かせることに、不利に働くことは間違いない。初心者は、初めから文語体の短歌の良さまで踏みこむことはできず、外見だけで敬遠してしまうのではなかろうか。ここに短歌の裾野を広げにくい要因がある。

したがって、短歌作品をレクチャーする場というものが必要になってくる。大学の国文科や、カルチャー教室、結社の歌会といった場に入って、文語へのアレルギーをなくし、むしろそれを駆使できるようになることが、脈々と歌壇を形成し、維持していく機能を有することにつながるだろう。それゆえに、結社の存在も歌会という場で、互いの作品を批評しあうことを通じて、文体を訓練する大切な機関なのである。最近の新人賞作家に所属なしの歌人が多くなっているが、口語作品が多いのもそのあたりに理由があるのかもしれない。持続的に作品活動を行なううえで、結社の存在はそういう意味で大きいし、文学集団としての活力を保つだろう。

第二に、短歌は我々の生きる時代の予兆を汲みとることができるであろうか。小説では、「すばる文学賞」受賞者の原田ひ香が、「東京ロンダリング」を昨年デビュー後の三作目として発表した。マネーロンダリングと同じように、アパートやマンションで変死や自死のあった部屋に住みこみ、報酬をもらい、一定期間経過したあと一般人に貸し出せるようにすることを生業とする者たちの話である。そこには死者と関わりのある者との出会いや、部屋に残る死者の霊への怯え、彼らを使用する不動産屋との関係など、これからの社会に多々生起するであろう現象の一部を先取りした側面がある。こうした仕事を短歌は成しえないか。ここでは紙数の関係で詳しく紹介しえないが、「短歌新聞」一月号の岡井隆の歌も、これからの日本の将来を考えさせるような作品である。

青塗りの漁船がぶつかつてくるやうにある夜の夢に近づくは誰《た》ぞ

言うまでもなく尖閣問題を念頭においた歌である。強大化した中国の台頭への不安感が伝わってくる。これもこれからの我々の否応なく直面する事態の一つである。これはある視点からの一つの例であるが、こういう点から私は短歌も小説に負けていないと確信する。

第三に、短詩型という型の特異性である。小説は長文のため、書き上げるのに多大の時間と労力を必要とする。これに対して、短歌は三十一文字の文学であるゆえ、短時間であっても作品化が可能である。これは短歌の強みであり、このことによって短歌人口を維持することができてきたのである。五―七―五―七―七の定型は、実作の初期の段階では不自由かもしれないが、それをマスターしてしまえば自分の感情を思うように盛りこむことができるのである。

この定型は、千数百年にも渉って維持されてきた。七五調や五七調は、標語やスローガンにも取り入れられているし、日本人の文化そのものと言ってもよい。明治期の詩にも、この定型のリズムは生かされていた。昭和初期のプロレタリア短歌などには自由律が用いられたりしたが、やはり定型に回帰した。前衛短歌の時代にも定型は守られてきた。このように、日本人は定型に馴染んでおり、将来も用いられてゆくだろう。

以上、これからの短歌を簡単に展望してきたが、要するに私は短歌のゆくえに楽観的である。ただ、平和な社会が続いている時には、身のめぐりの歌しか詠まない傾向がある。そのような状況の中でも、介護、年金、雇用、戦争といった問題だけでなく、文明の危機或いは人間の存在意義をも問う問題は、もう私たちの目の前に姿を現わしてきている。こうした世界に生きる私たちは、常に自己の内面を見つめると同時に、やがて訪れる外からの不安をも、表現者の責任として見定めなければならないのではないか。そのあたりから、前衛短歌、ライトヴァースといった時代の後にある現在の、閉塞した状況を打ち破る鍵が見い出されるのではなかろうか。

Ⅱ　2011－2015

東日本大震災と短歌

惨事と向き合って

2011年7月

三月十一日、宮城県沖を震源とするマグニチュード9の大地震と、それに伴う大津波により、東北地方を中心として、死者一一、三六二名、安否不明者一八、二九九名（三月三十一日現在）の人々が犠牲となった。多くの住宅、施設が全半壊となり、言語に絶する被害をもたらした。県内・県外の避難所では多くの人々が、着のみ着のままで、不自由な生活を余儀なくされている。

大地震の直後から、TVや新聞のニュースは克明にこの災害を報道してきた。さらに、この惨事に追いうちをかけるかのようなショッキングで恐るべき事態が、福島の第一原子力発電所の事故であった。事故による放射能漏れによって、半径20キロメートルの住民に避難命令が出された。それだけでなく、水・野菜・魚介類までが放射能によって汚染され、農家や漁業者に出荷停止措置が下されたのである。放射能漏れは本稿執筆の時点でも続いており、チェルノブイリの事故と同じ危険度レベル7に引き上げられている。

このような状況の中で、短歌総合誌や結社誌には締切の関係上、まだ大震災に関する作品を見ることができない。しかし、新聞の短歌欄にはすでに作品が掲載されている。そこで人々は何を感じ、何を詠っているのだろうか。そして、人々の感情がどのように変化しているのだろうか。私はその点に大きな関心を抱いた。以下、「朝日歌壇」からの引用である。

三月二十二日の「歌壇欄」には大震災の作品はなく、三月二十八日から掲載が始まっている。

流されて放り出されしランドセル小さな背中の温もりを恋う　（春日井市）伊東紀美子

絶対を想定外が覆す科学の枠の原発に事故　（西海市）前田一揆

陸地へとあまたの船を押しあげし津波の上を海鳥惑う　（高槻市）奥本健一

前の二首が佐佐木幸綱選、後の一首が高野公彦選である。担当の記者は、「どの選歌欄も、不安、おびえ、かなしみ、苦しさ、えたいの知れない冷たく湿った硬い叙情に覆われている」と記している。衝撃と脱力感、呆然とした心情にとらわれた震災直後の内面が表現されている。

しかし、四月四日の「歌壇欄」には次のような作品が載っている。

生きてあらば触れる事なき兄の頬その冷たさは今も手のうち　（柏原市）斉藤和代

瓦落ち塀倒れたる者同士こころゆるして給水を待つ　（ひたちなか市）篠原克彦

疾く走れ高みに上れ映像の人らに叫ぶ涙ぬぐひて　（高山市）桐山吾朗

以上三首は永田和宏選の作品である。一首目は、亡き兄への哀惜と追慕の情が、手という触覚に込められていて悲しいが、同時に鎮魂の念も想起させるものがある。そして、二首目は被災者同士の連帯感と励ましを感じとることができる。三首目は、映像を見ての歌と思われるが、悲しみを超えたところにある同胞への慰藉の声である。このように、四月四日の作品には、悲しみを客観的にとらえ出した人々の姿がくっきりと浮かんでくるのである。

このことは、四月十日の「歌壇欄」を読むと鮮明になってくる。

ぶしつけな問いにも静かに答えるは父母を波にさらわれし人　（太田市）川野公子

地震の中で赤ちゃん産んだお母さん温かいシチュー届けてあげたい　（富山市）松田わこ

生きてゆかねばならぬから原発の爆発の日も米を研ぎおり　（福島市）美原凍子

一首目は永田選、二首目は馬場あき子・高野共選、三首目は馬場・佐佐木共選である。

ところで、「短歌新聞」四月号の社説は、窪田空穂が八十余年前の関東大震災を詠った歌集『鏡葉』を紹介している。今、手元にある『鏡葉』から、それ以外の作品を引いてみたい。

水を見てよろめき寄れる老いし人手のわななきて茶碗の持てぬ

とぼとぼとのろのろとふらふらと来る人らひとみ据わりてただにけはしき

妻も子も死ねり死ねりとひとりごち火を吐く橋板踏みて男ゆく

一つ結飯《むすび》割りてやりたる若者と離れがたくもなりし人妻

これらの作品には、自分の眼で現場の惨状を見、その状況の中にいたゆえの迫力、力強さ、臨場感がある。空穂はこれらの作品によって何を伝えようとしたのだろうか。「解説」で、川口常孝は「生き残った人間に対する信頼と肯定の精神の端的な微表以外のなにものでもない」と述べている。ひるがえって、三・一一の東日本大震災に私たちはどう向き合えばよいのだろうか。この震災は関東大震災とは異なる側面がある以上、私たちのスタンスも当然、空穂の時とは違ってくるだろう。それは福島原発の事故による放射能汚染の問題があるからである。

人間が制御しえない危険なエネルギーに、政府も電力会社も右往左往している構図は、文明という神が人間をあざわらっているかのようでもある。被災者も私たちも、今人類の存亡を賭けた最前線にいるのだという自覚と危機意識を持っているのだ。このことは自ずと原発を推進してきた当事者に対する怒りの感情を生みつつある。

今、ロックシンガーの斉藤和義の「ずっとウソだった」という歌が、ネット上でヒットしているという。その歌には単に政府や電力会社を告発するメッセージだけでなく、人間の尊厳をないがしろにする者への怒りが込められているように思える。だからこそ、多くの人々に支持されているのだろう。

これから、多くの短歌総合誌や結社誌に大震災の作品が見られるだろう。文明と人類の存亡という大きなテーマであっても、空穂が自分で歩き、見たのと同じように、私たちも自分に引きつけた形で、詠うことができるはずだ。それは空穂の精神の上に、人間の尊厳を守るための怒りの気概を合わせ持つことによって表現されるのだ。

短歌の根底にあるもの　言霊を信じて　2011年10月

三・一一以後、私たちは世界観や人生観が変わったと感じ始めている。日常の平凡な暮らしが、実はかけがえもなく大切だと思うようになった。被災した人たちへ可能な範囲内で支援の手立てをした人も多かったに違いない。

そんな状況の中、他方では言葉の虚しさが徐々に社会を覆い始めている。「がんばれ日本、がんばれ東北」「被災者のために」「東北に支援の手を」等々、街頭からマスコミ、そして議事堂に至るまで、救済・復興の掛け声が駆け巡っている。この掛け声が声高になればなるほど、私たちにとって言葉の虚しさは増していくのである。

「がんばれ」と励ますことを偽善だと言うのではない。言葉で励ますには、あまりにも大規模な災害でありすぎたところに原因があるのではなかろうか。そして生き残った人たちの心身の傷が、他人には測れぬほどの深さだったからではあるまいか。ここに言葉の限界を見るような気がする。

しかし、それでも私たちは歌を作る。喜怒哀楽を詠う。このたびの東日本大震災の惨事をきっかけに、改めて短歌の根底に何があるのかを考えさせられた。短歌が言霊を紡ぐというのならば、まさに現在のような状況においてこそ、私たち歌人に出番と役割が廻ってきたと言えるのではないか。

人は心で思っていても、言葉にしなければ、感情は伝えられない。沖縄にも同じような格言がある。「言う言葉は千金」（ゆくとうばるしんぐゎん）。思いは口に出して言わなければ駄目なのだ。その根底には「何かを」表現したいという欲求がある。欲求には、生きることへの欲求（エロス）と、死への欲求（タナトス）とがあるが、表現者の欲求の多くは前者である。

私たちのメッセージが被災者に伝わることは稀であるかもしれない。けれども、痛みを共有することを作品を通じて表現しようとする、次の作品に注目した。

水に沈むピアノ幾千鍵盤の間にやわく泥入り込む
化石ともならず腐食が進むのみ泥のなかなる金管楽器
目に見えぬものが一番怖いから西へ西へと向かう母たち
松村由利子（「短歌研究」七月号）

特に一首目、二首目の写実は、実によくポイントを押さえているように思う。斎藤茂吉は、写生は物のありようをよく見て書くということから、「なくて叶うまじきもの」を提唱した。これは「ルカ福音書」10章42節の言葉である。イエスの一行が、マルタとマリアの姉妹の家に迎えられた。マリアはイエスの足元近くに座してその言葉を聞き、マルタは接待の仕事で忙しくしていた。

40「主よ、私の妹が私だけを接待の仕事で働かせているのに、気になさらないのですか。私を手
伝うようにとおっしゃって下さい」。41答えてイエスは彼女に言った、「マルタ、マルタ、あなたは

多くのことに気をつかい、混乱している。[42]必要なことは一つだけだ。マリアは善い方を選んだ。それを彼女から取り上げてはならない」（田川建三訳、作品社）

このように、その作品にとってなくてはならないものを詠うことが（必要なものは一つ）肝要になる。そして、茂吉は生《しょう》（物のあるがまま）を写し、そこから土屋文明は生活を詠むことへと展開していった。

ところで、三・一一を詠んだ多くの短歌作品を見ると、誠実に純粋に被災者への傷みを共有している。しかし、作歌主体が理性的、知性的であればあるほど、作品は息苦しく、よそよそしくなる。ゾラの『居酒屋』の女主人公が労働者の妻で、生活が破綻し、大酒飲みになり、身体さえ売る寸前まで落ちぶれるストーリーであった時、読者から轟々たる非難が浴びせられた。作者に悪人になれと言うわけではないが、聖人でないかぎり、金銭欲や嫉妬があるはずである。それをもっと披瀝していいのではないか。作歌主体と作品全体の分離という点を考える時、次の作品は一考の価値がある。

被災せし人をおもへば…など言ひつつ照明落とすも他者の驕りか　　栗木京子（「短歌」六月号）
三日後に再会したる夫婦ゐて夫が「帰ろ」と言ふが映れり
ベンちゃん（犬）が心配だつたと妻言へり泣きじやくりゐる夫の横にて

一首目は、作歌主体の「わたし」は、作中の「他者」という語の使用を伴っている。自分を第三者の眼から見ているような客観性がある。それゆえ、上の句の「被災せし人をおもへば」が恩着せがましくなく、思い上がりと誤解されやすい感情を下の句で抑制している。

二首目は、作者である「わたし」が作中の「夫」になったかのように、妻に「帰ろ」と言っている。ただ一言、「帰ろ」という発話に、いたわりや思いやりの実に多くの感情が込められているような感じを受ける。これは「夫」だけでなく、その「夫」の発話に作者の感情も込められているからであろう。

三首目は、作者である「わたし」が、作中の「妻」になっていると読める。飼っていた犬のことを心配していた妻の横で、妻が生存していたことにうれし泣きしている夫がいる、その思いのすれ違いを掬いとっている。シニカルな視線が効果的である。作者は作中の主体に言わせている。自らが言うことが不遜である時、作中の主体に言わせるのである。作者が、人命よりペットの無事を喜ぶことを表現するのは、作品化しにくいであろう。

このように見てくると、短歌の根底には言葉への信頼があることが分かってくる。短歌制作には、作品完成時のカタルシス（自己浄化）作用があるかぎり、ニヒリズムやタナトスへ向かうことはないであろう。そしてその上に、私たちは作品の中に詠うべきものを追い求めていくのである。それは作品の核となるものであり、作品の中でただ一つのものである。心理学上の欲求がそれであろう。

それにさらに付け加えるならば、詠う「わたし」と、詠われる対象（「彼」）の位置が固定化すると、創造の可能性を狭めてしまうとも言える。「わたし」と「彼」を何に（誰に）置き換えるかが不可能になってしまうからだ。

言葉の虚しい時代の今、私たちは言葉をさらに強めるため、新たな工夫と技法を求められているのかもしれない。短歌は時代の節目ごとに、歌人一人一人の創意を必要とされてきた。短歌が無用のものとならないために、否さらに新しく展開するために、短歌の根底にあるものを見つめることから歩みを進めてゆきたい。

原発は被害者か　個と集団について

2012年4月

三・一一の大震災から間もなく一年になろうとしている。この間、震災に関する多くの短歌、評論が発表されてきた。新聞歌壇に投稿された無名者の歌だけでなく、同人誌にも被災者や被災地を詠んだ作品が数多く掲載された。

とくに、福島の東京電力の原発事故の歌には痛切な思いが込められていた。事故をめぐる東京電力の対応に、世論は厳しい眼を向けたのであった。そして今も放射能は漏洩しつづけているのである。安全神話をタレ流して、政府・東電は原発設備を設置した。その説明を信じた住民たちは、今、避難暮らしを余儀なくされている。家、土地、財産を手放して、命からがら逃げたのであった。

この、昨年の一年間の〈回顧と展望〉が角川書店の『短歌年鑑』で行なわれている。この中で、篠弘は「拡張される震災詠」を発表している。そこでは岡井隆の作品についての言及がある。

原発はむしろ被害者、ではないか小さな声で弁護してみた　（「短歌研究」平成二十三年五月号）

どうしても敵が欲しいとおもふらしたとへば原発つて内なる敵が　（「短歌」平成二十三年六月号）

篠はこの二作品に対して、「いずれも原発事故に騒がしい世相にあって、ひとり取り残されたような喪失感を呟くものか」と評している。新聞・メディアなどマスコミが事故の詳細な報道をし、人々がそれに反応する姿を「騒がしい世相」としているのであろうか。いっそ、大本営発表だけにして、国民は事件にアクセスする意欲を持たなければ、社会は安定をとり戻せると言っているかのようである。

また、「ひとり取り残されたような喪失感を呟くものか」と同情的な心情を吐露する。多数の人々について行けない時に、人は確かに「取り残されたような喪失感」を抱くであろう。ワイマール共和政初期のミュンヘン一揆に失敗した時のナチスは少数者であったし、最近では民主化と独裁廃止を突きつけられたカダフィも少数者に終わった。

ここでは、原発、すなわちその経営者である東電をも被害者であるかのような解釈が可能となるから、読む人によっては反発も増幅されるのであろう。しかし、確かに「原発はむしろ被害者」であった。というのは、アメリカの法制度からは、皮肉にも肯定される。

アメリカにおいては、政府の意図とは裏腹に、市民（住民）からすれば原発設備は厄介者だったのである。一九五六年の発電所の建設認可に対して、労働組合から異議申立が出され、連邦最高裁で勝訴するまで五年もかかった。さらにすべての許認可処分に聴聞会を開くことが義務付けられ、建設・運転・利用の事業者に、事故時の原子力損害賠償制度を義務づけた。さらに、一九七一年の裁判では環境問題について厳しい判決も出された。

このようにして、市民による原発への規制要求は、政府を動かしていき、これに伴って事業者は厳格な運営を強いられたのである。まさに、「原発は被害者」というべきである。ただ、岡井作品のスタンスがこれと異なり、心情的な原発への共感であるとするなら、そしてこれを「弁護」するというのなら、「トイレなきマンション」とも譬えられる原発、そして科学技術への過信ではなかろうか。岡井の後者の作品には、群集心理としての人間の性向を詠んでいるらしく感じられる側面がある。大災害を誰かのせいにしたいという性向である。そのためにスケープゴートにされたのが原発なのだという認識である。そして、この一連の作品に短文が付されている。次のような文である。省略せず、引用する。

自分を消してしまふといふプロセスの中で他者が生きてくる。あるいは集団（国家とか村とか仲間とか）が生きてくるといふことがあり、非常な事態ではさういふプロセスがありうるとは知つてゐた。しかし、「日本は一つ」とか「がんばろう日本」とかいつた掛け声の中で自分を消すことはわたしには出来ない。わたしはたとへ集団や国から拒否されても少数意見をもつものとして個でありたい。集団のうちに自分が消されてしまふのはイヤである。

この短文について、篠は、「この「少数意見をもつものとして個でありたい」という思想は、岡井の持論だが、ここで強調された意義は大きい」という。「個の思想」が岡井の持論だと私は知らなかったが、どのように意義が大きいのか私には理解できない。篠はさらに続けて、「現実から目を逸らさない誠実な姿勢などといったものが、夥しい類歌をもたらしかねない。むしろ「自分を消す」ことにほかならないからである」と述べる。「誠実な姿勢などといった」歌が、「夥しい類歌をもたらし」かねず、少数意見を持つ個でなければ自分を消してしまうというのである。自己中心的な潜在意識が臆面もなく滲み出ている。「少数意見」ということが自己目的化し、大衆とは一緒にしてくれるなという、人格的にもかなり危うい発言である。

そもそも、〈個〉と〈全体〉という概念の対立は、全体の中に個は犠牲となるか、個は自由性をいかに維持するかという、社会概念の問題の設定方法によって主に論じられてきたのであり、個の廃棄とか、埋没の問題ではない。その点についても、〈個〉の概念の立て方に違和感を覚えるのである。

この『短歌年鑑』では、「今年を評論する」というテーマのところで吉川宏志も執筆している。実に傾聴に値する論である。吉川はその中でこう述べている。

たしかに少数意見を大切にすることは必要なことだ。それは私も同意する。しかし、いま問題なのは、原発維持という「少数意見」の人々が、政界や財界の中枢を占めていて、どうも現在のシステムを変えようとはしていないことだ。

実に冷静に、原発をめぐる問題点を析出している。吉川はさらに次のように言う。

自分の思想が世間一般とは違っていても、信念にもとづいて貫き通す。そのときに初めて「少数意見」の強靭さがあらわれてくるのだろう。

説得力のある文章である。これを読んで、生命の危険を冒してまで、良心の自由のゆえに少数派の立場を守った次の歌を思い出した。

世をあげし思想の中にまもり来て今こそ戦争を憎む心よ　　近藤芳美

思想詠の現在　怒りを叙情にすること

2012年7月

思想詠を、「ゲダンケン・リリーク」と初めて呼んだのは近藤芳美である。その初出は一九七九年三月の「短歌のこころ」だと思われる。近藤は、割り当てられたテーマである「思想を歌う」ということば自体の意味がよくわからない、と言っている。その理由として、文芸とは常に何らかの意味で……一人の作者の「思想」を告げ出していくものであり、詩歌も同様のはずだからである、と。設題者にとって「思想」を詠うことは特別なことに類するのに対し、近藤にとっては当然のことであったために、齟齬が生じたようである。

この伝統詩の中で、最も早い思想詠は山上憶良に見出されるとされる。ただ、憶良の歌は伝統となることなく終わった。それとは別に、「人間ひとりの内部世界をうたうという意味でのいわゆる「思想詠」はわたしたちの和歌文学の歴史の上につねに存在しつづけた」。そして、和泉式部の作品を挙げる。

くらきよりくらき道にぞ入りぬべきはるかにてらせ山の端の月

この作品を憶良とは違った意味で、「虚無の世界に歩みむかう」思想詠の範疇に入れてよいとされる。「思想」とは、政治思想に限られないだけでなく、近代以前にも存在することを示している。

その近代の作品として近藤が、「思想詠」（「ゲダンケン・リリーク」）と見做したのが、昭和七年の斎藤茂吉の次の歌である。

コスモポリイはさもあらばあれ心もえて直に一国を憂ふる者ぞ

この作品の前年には満州事変が起こっており、この年には肉弾三勇士などの軍国美談が作られていった。これは憂国の情、愛国の情から作られた歌である。その思いが茂吉にも抱かれていったという。だが、近藤の言いたいことはそれではない。「西欧的な意味で、詩歌が本来は「思弁」的なものであるはずであり、「情緒」的なものでないとするなら、近代短歌の作者らのなかで、茂吉はそのことをみずからの文学として負って生きた少数な歌人」と言える。

そのような近藤に、直接、影響を与えたのが土屋文明である。時代は治安維持法が猛威をふるった時期に当たる。

降る雪を綱条をもて守りたり清しとを見むただに見てすぎむ吾等は

昭和十一年の二・二六事件の歌である。三句以下は作者の怒りであるという。「無力の市民の怒り」

であり、「ファシズムの眼に見えないかげにむける、怖れと怒りとの「思い」でもある」だろう。

では、思想詠を唱えた近藤はどのような歌を作ったのか。


生き死にの事を互ひに知れる時或るものは技術を捨てて党にあり

戦争が終わったあとの、仲間一人一人の消息を追う中での、占領下の首都。緊張の中での共産党入党のことなど、政治に巻きこまれる生き様をリアルに描く。近藤はここまでの思想詠の流れを簡潔に要約している。

その後、戦後短歌は複雑に、そして大きく動いて行った。一九七〇年という、知識人対大衆の対立が融解し、対立が意味を持たなくなった時点を現代短歌の出発とする有力な説に従うと、近藤の思想詠はその後半において、現代短歌と軌跡を共にすることになる。

ただ、注意しなければならないのは、社会詠と思想詠の異同である。両者は似て非なるものであろう。現代短歌においては、冷戦終結以後のアメリカの戦争をめぐって、かなりポレーミックな作品が展開されている。二〇〇一年の同時多発テロを詠んだ大辻隆弘の作品が論議されたことも記憶に新しい。この作品以後も、社会的事件を詠んだ歌は〈社会詠〉と呼ばれる。近藤の提唱した〈思想詠〉は、彼の死後、〈思想詠〉と称される作品が見られなくなった。ここで、両者の違いを明確にする手立てを立てておく必要があろう。

一．社会詠は社会的事件を素材とする。

思想詠は、それにとどまらず和泉式部のように内部世界をも詠う対象とする。

二．社会詠も思想詠も事件の内側に立つか外側に立つかは関係ない。社会詠においては価値判断（良い、悪い等）が前面に出る。事件への怒りや批判は抑制されない。これに対し、思想詠は怒りなどを叙情化する。すなわち、怒りなどを叙情へ転化する思惟作用が働く。

三．社会詠は世論に追随しやすい。それに対して、思想詠は自己の思惟を表現の基礎として信頼する。


これら、社会詠と思想詠を取り上げてみたいと思いたったのは、大辻隆弘・吉川宏志著『対峙と対話』に触発されるものがあったからである。

NO WARとさけぶ人々過ぎゆけりそれさえアメリカを模倣して　　吉川宏志『海雨』

小高賢は、この歌を次のように評する。「私はこのような作品にかなりの危惧をもつ。一体、社会と自分の関係をどう考えているのだろうか。危機感がゼロのように見えてしまう。」と。私は世代的には両者の中間だが、この作品にはかなり共鳴するところが多い。アメリカの戦争反対を叫ぶデモの列が過ぎる。その戦争反対のやり方までアメリカを真似しているという情景描写である。内部世界、価値判断の留保、批判的機能、自己の思惟、こうした点を総合してみると、思想詠としての条件を満たしている、と思うのである。吉川は次のようにも述べる。

私は、社会詠の価値の一つとして〈対話可能性〉というものを考えている。……一首をもとにしていろいろなことを他者と語り合うことができるように思う。……一首を核にしたコミュニケーションを生み出すことも、短歌の大きな魅力なのではなかろうか。

（『対峙と対話』）

このように見てくると、思想詠の根は枯れてはいないと切実に思う。まして、すでに述べたように、思想詠は大きな事件の中だけに見出されるのではない以上、暗く深い思惟の世界を詠う作品と思われるものも存在する。社会詠は、言論を自由に闘わせるという意味で、社会的に価値ある行為に直結するものであり、歌人一人一人の意識を高める役割にもつながるものである。

これからの思想詠は、或いは社会詠と呼ばれるにせよ、お互いの認識に対する相互批評を伴っていくものかもしれない。

記憶されるべき歌人　キリスト者兵士の抵抗

２０１２年１０月

まもなく終戦から六十七年になろうとしている。この間、戦争中に国威発揚歌を作った歌人の多くが弾劾されたが、その後、再評価されたように思う。その再評価の役割を担ったのが、三枝昻之の『昭和短歌の精神史』（二〇〇五年）であっただろう。精緻な文章であるだけに説得力がある。そのため、日本が太平洋戦争を始めたのはやむをえなかったかのような印象を受ける。

私はこの書を文学書として受けとるので、歌人たちの精神構造に迫るためのものと思っている。それゆえ、本書に当時の国際情勢や軍部や議会、そして民衆の動向が欠落しているのはやむをえないと思う。

だが、戦争の歴史を書く場合には、総合的な立場からの視点が必要なのではなかろうか。この書の中で、歌人は多くの聖戦歌を作ったとあるが、それが一般国民の意志を代弁しているかのような印象を受ける。「戦争は悪だ」という歌人が出てこないにしても、戦争に疑問を抱く歌人はいなかったのであろうか。

二つ目の疑問は、戦争指導者、すなわち軍部批判への国民の声が大きかったのに比べ、軍部批判の歌は少なかったことである。歌人たちは後の報復を恐れ、自制したのであろうか。まだ権力の虜となっていた多くの日本人の心情を推測することができるにしても、土岐善麿『夏草』（一九四六年）に次の作品があるだけなのは淋しい。

人類のため戦ひがたきたたかひを起せしものの死屍に鞭つ
国民をたたかわしめて富みたりしもの栄えたりしものを永久に追ふ

多くの歌人が変節した中で、私たちは戦前戦後とも首尾一貫していた二人の歌人の名を知っておくべきだと思う。
一人は渡辺順三である。『日本の地図』（一九五四年）より。

監視孔より、のぞかれているを意識して
　われ坐りおり、
壁厚き部屋に。

音もなく監視孔の蓋のしまれるを、
背に意識して
　舌打ちするも。

戦時中、巣鴨拘置所にいた時の回想を一九四六年に記した作品である。

あいつ赤と、うしろ指さされ、
つまはじきされつつ生きし
　十年なりき。

きのうまで
口きかざりし誰れかれが、
今日にこやかに寄りてもの言う。

ほぼ五十歳での監獄入りであった。ここには、三枝の著書にないもの、十年もの間、戦争に反対してきたことの自負と、戦争讃美者への憐れみとその醜さが、生き生きと描き出されている。そして、これらの歌には、戦争は仕方がなかったという認識はうかがえない。

また、兵士として、大陸で戦った宮柊二や渡部直己らの作品があるが、良心の呵責に耐えながら敵を討った。殺さなければ殺されるのが戦場だからである。

ところで、昨年（二〇一一年）十一月、岩波現代文庫から歌集『小さな抵抗』が出版された。著者は渡部良三、初出は一九九四年。

略歴を見ると、渡部は中央大学在学中に学徒出陣で中国河北省に配属された。そこでの、中国人捕虜を銃剣で突くという刺突訓練の時に、キリスト者として捕虜殺害を拒否した。

刺し殺す捕虜の数など案ずるな言葉みじかし「ましくらに突け」
今朝戦友《とも》と掘り上げたりし大き穴捕虜の墓穴とは思いよらざり
鈍色《にびいろ》の空をうつせる剣尖《(けんせん)》より殺されし八路の血はしずくして

以上の三首は日本軍の刺突訓練にされる捕虜に関する歌である。日本軍が国際法違反の捕虜待遇をしていたことはよく知られている。恐怖と絶望の捕虜の姿と、残虐な日本軍の行為が淡々と描かれている。（なお、日本は国際法が適用される「戦争」ではなく、「事変」としていた）。

血と人膏《あぶら》まじり合いたる臭いする刺突銃はいま我が手に渡る
「殺す勿れ」そのみおしえをしかと踏み御旨に寄らむ惑うことなく
「捕虜ひとり殺せぬ奴《やつ》に何ができる」むなぐら掴むののしり激し

刺突命令の場面である。作者は聖書の「汝、殺す勿れ」を実行したのである。軍命の拒否は、このままではすまされない。

わが頬の激しく打擲《うた》るゲートルは全《(また)》く音なし血の出ずるらし

血を吐くも呑むもならざり殴られて口に溜《たま》るを耐えて直立不動
かほどまで激しき痛みを知らざりき巻ゲートルに打たれつづけて

こうした巻ゲートルでの殴打による、日常のリンチがつづけられたのである。作者渡部良三は、「おわりに」で次のように述べる。

日本民族が、あの第二次世界大戦（太平洋戦争）に、心からの、しかも民族として永遠の懺悔を持ち続けないならば、再び、自由と信仰と愛を育まない方向に歩を進めるだろう。現にその兆しが見えている。

この強靱な良心的軍命拒否の作者の指摘するように、戦争は仕方がなかった、日本に他の道は残されていなかった、というような歴史観が、復権してきていることにある種の危惧を感じるのである。三枝の『昭和短歌の精神史』は、多くの実証的、資料的価値を駆使して著した労作として多くの歌人に好評をもって迎えられたが、天皇—軍部—右翼（テロ組織）の上下の構造を捨象したために、良好な議会政治の中での国民生活が前提となっているような印象を受けるのである。良好な議会政治の結果としての戦争ならば、「仕方がなかった」と言えるかもしれない。だが現実は大きく異なっていたのではなかろうか。
これからも平和を守るために、私たちは強靱な愛と信念をもって作歌に取り組んでゆきたいと思う。

現代における生と死と喩　『万葉集』の興亡

2013年1月

私たちが短歌を作ろうとする時、何を詠うかを考えることはとても大切なことである。生きること（人を愛すること）、死ぬことを詠うことは、私たちが有限な存在としての人間であるゆえに、自己の存在をこの世に刻印することでもある。前者は相聞歌、後者は挽歌と呼ばれる。

現在の日本では、毎年のように三万人以上の自殺者がいる。本来、生を讃え、死を畏れる感情の横溢は、人間誕生における当然の営みであろう。千数百年前の『万葉集』の時代から、人々は人を愛し、人の死を悼んできた。教育現場でのイジメに見られるように、また福島の原発事故の対策に見られるように、「生」が軽々しく扱われ、「死」が憧憬の対象となる現代社会は病んでいるとしか言わざるをえない。

ここで、おおらかな歌集と言われる『万葉集』を取り上げ、現代の歌壇に、万葉調がどのように生きのびているかを垣間見てみたい。

まず相聞歌から見てみよう。

あしひきの山のしづくに妹待つと吾立ちぬれぬ山のしづくに　　大津皇子（二・一〇七）

（あなたを待つとたたずんでいて、山の雫に私はしとどに濡れた。その山の雫に）。

吾を待つと君がぬれけむあしひきの山のしづくにならましものを　石川郎女（二・一〇八）

このように『万葉集』の相聞歌は、おおらかであり、直接的であり、叙景に心情を託す。

生きのこるわれをいとしみわが髪を撫でて最期《いまは》の息に耐へにき　吉野秀雄『寒蝉集』

たとへば君ガサッと落ち葉すくふやうに私をさらつて行つてはくれぬか　河野裕子『森のやうに獣のやうに』

これらのように現代の相聞歌は、男性も女性も自己の思いを大胆に披瀝するところにあるだろうか。ただ、叙景を通して詠うことは少ない傾向にあると言えようか。

次に挽歌を見てみたい。

妹と来し敏馬《みぬめ》の崎を還るさにひとりして見れば涙ぐましも　大伴旅人（三・四四九）

これは妻を悼む歌である。歌意は、「往く時には妻とともに見たこの敏馬の崎を、いま帰り道にただ一人で見るとふと涙がにじんでくる」というものである。敏馬（見ぬ妻）という掛詞はあるが、技巧に走らず、悲しいことを悲しいと率直に詠っている。これは役人や庶民の歌によく見られるタイプである。では、天皇についてはどうか。

青旗の木旗の上を通ふとは目には見れども直にあはぬかも　天智天皇太后（二・一四八）

天智天皇が危篤の時、とあるが、もがり宮での太后の歌である。歌意は次のとおりである。「木旗の山の上を御魂が行き来しておられるのが目には見えるが、わが君にじかにお逢いすることが出来ない」。

ここには古代特有のアニミズムがある。また、鎮魂の働きも加わっている。相手に直接的に訴えるところも一つの特徴である。

これに対して、現代の挽歌は、

コクトーが屍《し》にしろがねの髪そよぎ裂かれし鮭の肉にふる雪　塚本邦雄『緑色研究』

のように、現代の特徴には、死者を哀悼するだけでなく、死を讃美するかのような作品も見受けられる。また、アニミズムは過ぎ去った太古の時代にのみ存在するのではない。

さくらばな乳ぶさの杜へきつれどもかきだかばちるきみのまぼろし
渡辺松男「こえ」（二〇一二年「短歌」七月号）

ここにも、眼には見えず、聞こえもしないもの、幻のようなものを捉える歌い人が存在する。そして、憶い出の量は、儚いほど遠く、かつ増していくように感じられる。

最後に、喩について。この喩の用法ほど、現代短歌を大きく変えたものはないだろう。まず、『万葉集』から。

梅の花咲きて散りぬと人は言へどわが標結ひし枝ならめやも　大伴駿河麻呂（三・四〇〇）

歌意。「梅の花が咲いて、もう散ったと人は言っているが、まさかわが物として目印をつけておいた枝ではないだろうな」。ここで、「梅の花咲きて散りぬ」は、少女が成人して結婚してしまったことを譬えている。この比喩は単純なようではあるが、発明としては大きな価値をもっていたと言えよう。

朝に日《け》に見まく欲りするその玉をいかにせばかも手ゆ離《か》れずあらむ　大伴家持（三・四〇三）

歌意。「毎日、終始見ていたいと思うその玉を、いったいどうしたら、いつも手から逃げ出さぬように持っていられるだろうか」。

この『万葉集』の喩の特徴は、叙景的・叙事的なことである。そして、譬えられるものは人が多く、相聞歌に多用されることである。では、現代短歌ではどうであろうか。

泥ふたたび水のおもてに和《な》ぐころを迷ふなよわが特急あづさ　岡井隆『鵞卵亭』

このように現代の喩の特徴は、叙情的であり、抽象的なことである。そして、前衛短歌は喩の用法を多様化させ、短歌の可能性を大きくした。この歌の意。「私の乗る特急あづさよ、濁流とこの線路を混同するなよ」。ここから、わが意思はどんな困難に遇おうとも、必ず貫徹してみせる、という決意が伝わってくるように思われる。

河野愛子、塚本、岡井らの出現によって、万葉調の特徴は大きく展開され、その後の歌人たちに測れぬほどの影響を与えたと言えないだろうか。少なくとも私は、これらの歌人たちが『万葉集』の可能性を保有し、それぞれの短歌の創作に取り込んでいったのではないかと思っている。「生」と「死」を歴史上どのように詠ってきたかということを見る場合、『万葉集』を識っておくことは、これからますます大切になるに違いない。

震災詠から見えて来たもの　3・11から二年

2013年4月

東日本大震災からこの三月で二年が経つ。この「時評欄」でも数回取り上げたが、今なお映像、証言からの衝撃が衰えていない。震災から一年になろうとする二〇一二年の角川「短歌」三月号は、ベテラン世代と若手世代の二部に分けて、対談を行なっている。本稿はベテラン世代の部を採り上げてみたい。

司会の小高賢が一年前を振り返って、どう思うか発問している。来嶋靖生は、阪神淡路大震災の時とは違い、今度の場合は実際に現場に立って言葉を失ってしまった、まだ自分で歌ができない状態だ、と言う。この精神状態は私にもよく分かる。あまりにも大きなショックは生理学的にも、一種の失語症的な障害を呈することに似ている。氏は続けて、「こういうことは体の中、心の中に深く沈めて、温めて、それから詠まないと自分の歌にならないのではないか」と言っている。歌を詠むには、自分の内面が冷静さをとり戻し、茫然自失の状況から脱け出ることから始まるのであろう。来嶋の師匠筋の窪田空穂は、関東大震災の際に、出版社から頼まれて懸命にノートに取ったとのこと。現実を見るという立場から写生したようである。

他方、生ま生ましい現実に直面した方が歌を詠めるというタイプの人もいよう。ただし、すでに議論されているが、当事者か当事者でないかによっても作品の出来栄えに違いのある場合も多々あろう。当事者でなくとも上手に詠える人もいようが、あの大津波を画面で見た後では、小高も指摘するように言葉が薄っぺらになる。

その点、佐藤通雅は当事者である。「現地を見たか見ないかによって歌人たちの歌の深みが全く違ってきた」という。プロの歌人たちが総合誌に作品を寄せたが、「今回の震災詠はプロの歌人のものではなくて、大衆の歌人のものだろうと確信をもって言える」と。

佐藤の言う「大衆の歌人のもの」とは、プロと言われる歌人だけの歌が優れているのではなく、当事者の大衆歌人の作品のリアルさを賞讃していること、現実の大きな出来事の前にプロも大衆も多くの視角をもつことができるということを指しているのであろう。

私はこの震災を画面でしか知らない。それだからであろうか、言葉が薄っぺらに感じられて、不満足な作品しかできなかった。どちらかと言えば、失語症的になった。対談の途中で、小高は次のように言っている。「短歌表現の歴史のなかでも一つの画期というか、裂け目が生まれたような気がする」と。

私は当事者ではないが、電車が止まって勤務先に泊まり、また自宅の部屋に散乱した書類を片づけ、計画停電によって、まっ暗で寒い夜を過ごした。歩道を歩いていた時の地面のうねるような揺れは今でも忘れられない。ビルの窓ガラスが割れて落ちてこなかったのは幸運だったと言うしかない。人生最大の自然災害に遭遇した。人生観に少しは影響を及ぼしたのは間違いない。それは、どのような性格のものなのであろう。

来嶋は次のように言う。

日本の歌には、現実を見て、写実に徹するということがずーっと伝統的にあったけれど、それだけじゃないものが今度出てきました。それが歌人に問われているのではないか……。

これに対する答えは何であろう。私たちは何か事件があるたびに詠う作品を社会詠、機会詠と呼んできた。だが、3・11は社会詠で括ることはできそうにない。それほど深く人の心に入りこみ、ずっと居据わりつづけているからである。来嶋に答えるかのように、佐藤通雅は次のように言う。

今まで機会詠といえば何か事件、事故が起きて、そのショックで作るというイメージですが、今回はそれだけではなくて、隣り合った死というものをどこかで入れているのです。だから、今までわれわれが言っていた機会詠の概念は超えたという気がしています。

これに対して、小高は次のように応じる。

自分だけが暖かい布団に寝ていてはいけないのではないかとか、風呂に入ったりしていては申し訳ないというような作品がとても多い。今までの機会詠、社会詠とは違って、罪を負っているような歌が目につきます。

このように、東日本大震災詠は単なる社会詠にプラスαを付加した。弱者や虐げられる者たちへの罪のような意識だという。倫理観と言ってもよいであろう。

この対談は、さらに沖ななもや渡英子をも交え、福島原発へも及んでいる。だが、私には一つだけ納得できない部分があった。それは長谷川櫂の『震災歌集』についてのやりとりである。佐藤の発言を、小高がフォローする形で進行する。少し長いが、その部分を引用する。

佐藤　今回の震災詠で修辞が役に立たなかったと言われるが、残るのはきちんとした歌ですよ。今は出るだけ出ている。それが実用性もあるということは分かっているのですが、後世まで残るかどうか。

小高　俳人の長谷川櫂さんの『震災歌集』（中央公論新社）についてはどうお考えですか。

佐藤　……彼は「素人だって歌を作っていいんだ」と言っているわけですから、私はこれは素人の歌だと思っている。だから、あまり怒りは湧いてこない。わざわざ出版したことが問題なのであって、この程度だったら隠しておけばよかった。このレベルのものなら伏せておけばいいのに、彼はそう思わなかった。

小高　あとがきに「……平安の時代にあっても何が起ころうと揺るがない、それに堂々と対抗できる短歌、俳句でなければならない」と書いてある。だったら俳句で作ればいいじゃないかと矛盾を感じる（のちに『震災句集』が出る）。

これに来嶋も賛同している。長谷川の『震災歌集』は、最も早く出版された震災歌集である。やむにやまれぬ気持ちがあったに違いない。後から続く者は、何とでも言える。これではまさに「コロンブスの卵」である。歌壇も他ジャンルからの入境を受け入れるふところの深さを持たなければ、作品が痩せてしまうだろう。問題の核心は修辞が軽く見えるあたりにあるような気がしてならない。

震災詠から見えて来たもの（続）　二年目の課題

2013年7月

　前号（「開耶」34号、二〇一三年四月発行）で、「3・11から二年」というサブタイトルで書き始めたのだが、ほとんど一年目のことで話が終わってしまった。ここから本論に入りたい。前号で、佐藤通雅が長谷川櫂の『震災歌集』について、「この程度だったら隠しておけばよかった」と述べた点を私は問題にした。そこのところで、私は「問題の核心は修辞が軽く見えるあたりにあるような気がしてならない」と結んだ。確かにこの『震災歌集』には読んでいるうちに不遜にも佐藤と同じような想いにとらわれたが、やむにやまれぬ思いも尊重してよいのではないか。誰でも最初は初心者なのだ。被災者や映像を見て、初めて作歌した者たちの想いも、大切にされるべきだ。

　角川「短歌」三月号で、永田和宏は二年後あたりの歌の変質について次のように指摘している。「地震・津波が一段落し、人々の意識が原発・放射能の問題へとシフトしはじめたとき、歌が明らかに質的な変化を見せるという現場に立ち会うことになった。歌の多様性と現場性が希薄になり、歌の中心が価値観の表現へとシフトしはじめたのである」と。そして、「私自身がこの二年間で切実に感じてきたこと、それは、「一つの価値観からものごとを見ることの危うさ」とでも言ったものであったのかもしれない」とも。

こうした傾向は、短歌界に限らない。３・11は実に大きな衝撃を各界の人々に与えている。その一つに聖書学界がある。

荒井献・本田哲郎・高橋哲哉共著『３・11以後とキリスト教』（ぷねうま舎、二〇一三年三月）もその一端を示す内容のものである。多くの人が震災・津波で犠牲となったが、一七七五年十一月一日のリスボン大地震が神の存在と悪の存在とは両立するのか、災厄もまた神の摂理なのかといった問いをヨーロッパ思想界に突きつけ、キリスト教の信仰にも大きな動揺をもたらした。３・11はキリスト者に「犠牲」（サクリファイス）の観念を呼び醒ましたとも言われる。これはキリスト教信仰の核心部に存在してきた「贖罪論」という問題に突き当たる。

日本のキリスト教界に大きな影響を与えた内村鑑三は、この問題に強力に関わっている。内村は関東大震災を、堕落した東京への天罰として受け止め、亡くなった死者たちの尊い犠牲によって、東京も日本も再生できると発表した。天罰は天恵でもあったのである。私たちの罪の贖いとして亡くなっていってくれたと。このような考え方は、現代社会の中でも、しばしば「障害も恵みですよ」とか、「生かされているだけで幸せですよ」とかいう言葉に表わされている。

本田哲郎神父は、結語の中ではっきりと、

３・11の災害と原発事故の被災者一人ひとりを、現代社会のひずみを正すための生け贄《いにえ》、犠牲ととらえることはけっして許されず、贖罪論をもって天罰すなわち神の恵み（天恵）とみなして気持ちを整理させようとすることは、犯罪行為である。

と述べている。「新約学」にも、3・11のポジティブな影響が出てくることを期待していたいし、生命を第一に考えるという当然のことがこれを機に広がっていってほしい。

さらに3・11に大きな影響を受けた分野に憲法学界がある。森英樹・白藤博行・愛敬浩二編著『3・11と憲法』(日本評論社、二〇一二年三月)の序論で、森は次のように述べる。

自然災害・原発問題から人々のいのちと暮らしをどう守るかは、もちろん憲法・憲法学からだけで解き明かし説ききれるものではない。……ただ、人々の「いのちと暮らしを守る」という政治的課題は、国会・内閣・地方自治体などの統治機構にとって最大の責務であり、その諸施策は、当然のことながら、憲法に基づくものでなければならない。統治機構は……「個人」および主権者の視点から総点検する必要が、まずある。

「憲法学」にも、観念的な人権や福祉の見直しが、今、切実に求められてきているのである。

他方「ふたたび盛んになること」という意味合いの「復興」が、閑静だった被災地をこのさいもっぱら経済的に「盛んな」地に変容させることまで意図されているとすれば、やはり留意を要する。「復興」には、「この機会に地震・津波に強い生活様式・街づくりで再建する」という意味合いとは別に、「復興ビジネス」なる動き……的な資本の思惑も見え隠れしないか。

ここで指摘されているのは、被災地住民の心情や生活を無視して進められる「復興策」であり、地域に根ざした生活様式・コミュニティー、連帯を断ち切ってまで進められようとする再建策への、「憲法学」からの警鐘である。

これに対して、文学、とりわけ短歌は、制度や組織とは無縁の個人の心的表現活動である。とはいえ、やはり3・11はこの領域においても、これまで見てきたように大きな衝撃を与えた。その一番大きな影響は、佐藤通雅が述べているように、隣り合った死というものが私たちの心の中に棲みついたということであろう。この心の中にある不安を作品化する時に、私たちの迷いや弱さが露呈されるだろう。であればこそ、それに抗う強さをも私たちは獲得してゆかねばならないはずだ。心の中にある負なるものを冷静に見つめ、表出するときの苦しみと葛藤、それを経て、歌人は自己を律してゆく体力をつけていくのだと信じたい。

すでに述べた宗教・憲法学等は文学活動の外枠に存在するものとして、作歌活動を照射するものであり、そのようなものとして相対的な連関をもつ。文学活動は内心の自由な活動の所産であり、何者もこれに干渉することは許されない。

最後に、私はここで一人の歌人のことを述べたい。歌集『青白き光』を遺して、この三月に逝った佐藤祐禎である。佐藤は福島県の大熊町に住み、農業を営んできた。原発の誘致に賛成したが、その後、その危険性に気づき、原発批判の心情を短歌に詠うようになった。誰もがその安全性を信じて疑っていない時に、その危険性を飽くことなく詠い続けた。

そして、3・11。原発事故によっていわき市に避難した。そして、体調を崩した。歌人には預言者とも予言者とも、あるいは信念の人とも呼ばれるべき人がいるのだということを歌会という身近な場で知った。だが、佐藤は自分を欺いてはいないだろう。というのは、同じ福島の高木佳子の次の言葉を見たからである。

そこには（当事者には）、決して善意や良識や、被災者という境遇などの段階に甘んじない、人間の生の強い姿を見ることができるだろう。

（「誰もが当事者として」、「歌壇」二〇一一年十一月号）

震災詠は、これから、より心の深いところから汲み上げられる井戸の水のように浄化されたものとなってくるのであろうか。

近藤芳美生誕百年を論じる

近藤芳美における集団と個人

２０１３年10月

近藤芳美は一九一三年五月五日、朝鮮の馬山《マサン》に生まれた。今年は生誕百年にあたる。その偉大さは、作歌において、いかなる状況にあろうとも人間の良心を護り通して来たことだろう。その一端は、国民が熱狂した戦争の時代においても、

国論の統制されて行くさまが水際立てりと語り合ふのみ　『早春歌』

のような作品を発表していたことでも知ることができよう。師の土屋文明が、その大胆な作品を危惧したという挿話も伝わっている。

近藤の第一歌集は、一九四八年二月十日刊行の『埃吹く街』であり、『早春歌』はその十日後の二月二十日に刊行された。まもなく彼が新歌人集団のリーダー的存在となったことはよく知られている。だが近藤は、民衆の中の組織や集団の中に入ってゆこうとはしなかった。戦後、民主化のプロセスの中で、進歩的知識人たちは「民衆と共に」とか、「大衆の中へ」といった政治的行動を理想とし、そ

れが民主主義の確立に資するものと思っていた。

ところが、近藤は「民衆の一語」に苦しむとか、「民衆を憎む」とか、「民衆を憎悪す」とまで詠むのである。「民衆」を辞書で引くと、「庶民、大衆」とある。大衆社会は二十世紀に登場したと言われるが、日本では米騒動、日比谷焼き打ち事件あたりが始まりだとされる。それは不特定多数の階層からなる集団であり、政治学的には「公衆」と対置される。

また、近藤の指す「集団」として頻出するのが「群集」ないし「群衆」である。政治学事典に拠れば、「群集は匿名性のため責任感と個性がなくなり、思想が短絡的で本能的な行動に走りやすいのが特徴」だという。

これらの「集団」は、近藤の重んじる「思惟」と「良心」を維持していく上で、矛盾するものなのであろう。「民衆」や「大衆」は、時として予測できぬ、そして不気味なエネルギーを発する。それが、「民衆」から近藤が距離を置いた一因であると思われる。それは彼に深い孤独感を味わわせたことであろう。

しかし、その近藤に転機が訪れる。一九六〇年十月刊行の『喚声』に至る時期である。この歌集の中で、エレンブルグや詩人カロッサという個人を詠い、体制に迎合したことへの自己批判を憐れむように危ぶむ。彼が市井の芸術家を詠う時、そこには共感の響きが伴っている。そうした個人の良心への接近が見られるのである。

『近藤芳美集第二巻』（岩波書店）の解説で篠弘が触れているように、一九五五年四月から近藤は「朝日歌壇」の選者となった。選歌の様子は次のように詠われている。

拙き文字貧しき表現を通すもの信じて行かん地を這える声
療養の歌かと人は云い捨つる暑く苦しく別けて行く選歌
地に耳し聞ゆるごとし平和をば今も守り得し無名者の意志

篠は、そこで「一般から寄せられる歌を「無名者」と規定したことに注目したい」と言う。確かに近藤が「無名者」という表現を用いたのは、これが初めてである。ただ、「一般から」という括り方には微妙な違和感を覚える。なぜなら、近藤はその著『無名者の歌』の「序」で、次のように述べているからである。

生活を歌った作品を、なによりも僕はこの短歌欄に期待したい。いきいきとした抒情は、いつも生活を持つものの間にだけ歌われて行く。生活との関わりを失った短歌は、民衆の抒情詩としての短歌の第一の意味を失ったものといえよう。

……それはあらゆる階層と、あらゆる職業に及んでいた。農民であり、都市勤労者であり、工員であり、炭坑夫であり、教師であったりした。わたしたちとともに生きる、この国の、今日のすべての生活者と言えた。

（「選者のことば」、傍点、今井）

こうして近藤は彼らの作品を「生活歌」と呼び、無名の生活者らの詠い繰り返して来たものを「無名者の歌」とした。

近藤が見出した「無名者の歌」には、どのようなことが詠われていたのであろうか。

安価にて種代にもならぬ油菜を牛に喰《く》わさむと曳《ひ》きて帰りぬ　平田芳子

「牛に喰《く》わさむと曳《ひ》きて帰りぬ」という下句のいくらかあらあらしい表現の中にひとりの農民の怒りともいうべきものがこもる。戦争の前の日も、戦争の日も、そうして戦争ののちの今も繰り返されていく怒りである。

一九五五年から六〇年にかけての作品である。農民の怒りに共感を覚えているように思える。次のような安保闘争前後の歌も挙げられている。

手をつかね見守るのみの我等にて今朝《けさ》デモに死にし女子学生の名聞く　酒井三枝

樺美智子の死を悲しむのは彼女がおさない女子学生だからである。作者らにとって、吾が子の年齢の少女だからである。手をつかね見守るだけの我等——という悔いを戦争の日からいだいて来た無名の無数の母親たちだからである。

また、毎年八月になると、戦争の死者らへの追慕の歌がいつまでも詠い続けられてきたことを近藤は強調する。これに対して、批判のあることも近藤は述べている。詠う悲しみが「被害者」の上にのみとどまり、「加害者」であったことも認めないと反戦の思想にはつながらない、との批判者の声である。これに対して、こう答える。

わたしもその通りだと思う。ただ、そのことのために、一体だれに彼らのうたい繰り返すこの無数とも言える死者追慕詠を責めることが許されよう。

近藤はこう答えることによって、文学は人間の心を表現するものであり、国家を統治する支配・被支配関係の政治とは異なるものであることを認識してほしかったのであろう。そして、政治の背後にあるものへの鋭い視線が作品化への衝動となるとも言いたかったのであろう。

ともかく、篠の指摘するように、「無名者は已れと重なり、あらたな連帯となってくる」のであった。近藤の知りえなかった世界に棲み、社会の一隅に暮らす一人一人の個人との連帯である。ただし、近藤にとって、この連帯は、「大衆」の対概念である「公衆」のもつ心理的なものに限定された、心理的連帯である。そして、今でもなお「朝日歌壇」は、無名者との生活上の認識に共感する場でありつづけている。

「〈特集〉「歌の力　沖縄の声」」をめぐって

2014年1月

短歌の独自性と類型性

今年（二〇一三年）の短歌総合誌「短歌往来」八月号は、「〈特集〉「歌の力　沖縄の声」」と題して、沖縄の歌人をはじめ、沖縄に関する短歌についての評論・作品の特集を組んでいる。

総論・仲程昌徳、評論は本土の小高賢と、沖縄に滞在経験のある渡英子、作品＋エッセイが中央歌壇でも活躍する八名、作品が沖縄歌壇で活躍する二十八名と、沖縄の有力歌人を結集した一大企画である。

このうち、「沖縄の近代現代の歌」の中で、仲程昌徳は、明治四十二年、琉歌（八・八・八・六音四句三十音）の「新派」が新聞に掲載され、旧来の琉歌に見られなかった素材や国名を取りこんでいたことを指摘する。作者は柳月庵主人だという。ここから琉歌は大きく変容していくが、柳月庵はすでに明治三十五年、「新詩壇」と冠して、新しい和歌を「琉球新報」に発表し始めていた。このように、仲程は、新派の琉歌も新派の和歌も柳月庵から活気づいていったことを述べている。そして、新派和歌は東京の歌壇にまで進出してゆくのである。仲程が「それぞれの作者の個性的な顔立ちがくっきりと立ち現れていた」とするのは、次のような作品群である。

琉球の悲しき歌を口ずさむたはれ男とわれもなりけり　上間正雄（「スバル」一九一〇年四月号）

親の親の遠つ親より伝へたるこの血冷すな阿摩弥久の裔　末吉落紅（「スバル」一九一〇年四月号）

いたましき首里の廃都をかなしみぬ古石垣とから芋の花　摩文仁朝信（「スバル」一九一一年六月号）

本土の出詠者と比べても遜色のない歌だと思われる。仲程の論は、この後、地上戦から現代までとつづくのであるが、私は、すでにこの時、沖縄にこのような歌人たちがいたことを強調しておきたい。次に、評論の部で、小高賢は、沖縄の作品を読む時に入り口ではじかれる、と述べる。その原因の一つに、沖縄は律令制や『古今集』が浸透していなかった歴史、地域であったことを挙げる。律令制は武家政権の式目制度によって朝廷内の有職故実に封印されたのであり、明治維新によって欧米の法制度が導入され、否定されてから久しい。まして第二次大戦後は律令制の統治の有無など、その影響を論ずる価値があろうか。また『古今集』にしても、正岡子規の短歌革新がなされたのは明治後期であり、その影響が浸透したのは、本土も沖縄も条件はあまり変わっておらず、沖縄からも、仲程が挙げたように明治四十三年、四十四年と「スバル」に掲載されたような作品さえ現われていたのである。まして、伝統とはいえ、『古今集』は古典であり、私たちは戦後、『古事記』や『日本書紀』の教育さえ受けていない。

小高によれば、読み手との落差を埋めるためには、

逆説的だが、背負っている環境から一度離れてみることではないか、と思う。言い換えれば、個により執し、自分を突き詰める。つまり、沖縄という旗印から、意識的に距離をとる試み（忘れろということではない）である。

ことが必要になるらしい。小高は、環境から距離をとる試みを沖縄の歌人たちにだけ向けている。それは、

沖縄という環境・素地は短歌という詩型にとって、言葉に表せないほどに豊かだ。だからこそ、定型がよろめいてしまう。歌の力によって、短歌のうえでの現実が作り出せなくなってしまう。

と述べ、環境の豊かさを強調する。小高は、一方では琉球処分や地上戦、基地の存在や米兵の犯罪、オスプレイに触れながら、「眼前を詠えば短歌になる」「歴史を繙けば短歌になる」「この有利さが、逆に、甘くしてしまうのかもしれない」と言う。また、「定型がよろめ」くと言うが、それは環境の豊かさによるものではなく、琉歌の影響によるものではないだろうか。

私は、小高の最も言いたいことは次のことではないかと推測する。

「オスプレイ」への恐怖は沖縄では自明のものとして存在する。しかし、そこにも落差がある。だからこそ余計、報道でしか感じていない読み手の身体にとどくような詠み方が欲しい。「オスプレイ」がどこか肉体化されていないのだ。

この「肉体化されていない」というのは、「危険なヘリ」という観念とか類型しか伝わってこない、ということなのだろう。だが、仮にそうであったとしても、「オスプレイ」への恐怖の歌は沖縄の人にしか詠えないことなのだ。その怒り、恐怖は体験した者でなければ表現しえないだろう。

また、この「特集」について、渡英子は角川「短歌」十月号「歌壇時評」において、次のように述べている。「特集」で心に残った作品として、

普天間フライトライン・フェスティバル　屋良健一郎

オスプレイの前に顔出しパネルありて沖縄人が次々顔出す
奪うこと救うこと簡潔なればオスプレイのむき出しの配線
座り込みのおみなを退けんと伸ばさるる腕に毛濃くて沖縄の腕

を挙げ、

三首目はオスプレイ配備反対住民の座り込みを排除している光景だろう。反対する者も排除する者も共に沖縄人であることを端的に示して懐のふかい作品となっている。新聞やテレビの報道が伝えない現前する事実をうたうことで、屋良健一郎の沖縄の歌は類型を脱し、文学へと踏み出していると私は思う。

と論じている。

しかし、反対派と排除派が同じ県民というのは、他県でも目にすることである。（行動派ではない）作家大城立裕も、『普天間よ』の中で、辺野古の海での防衛省の設置した沖合測量を、

そのボーリング櫓を、反対運動の筏たちがゆさぶっている。ボーリングの工事だって、職人はウチナーンチュだからな。骨肉相食むようで口惜しいが、それでいて、工事の予算は、やがてはじまる滑走路の建物まで、ヤマトのゼネコンに持っていかれるのだ。

と描写している。決して、「新聞やテレビの報道が伝えない現前する事実をうた」えば、即文学になるのではない。基地をめぐる県民同士の報道されない事実は無数と言っていいくらい、住民は目にしているに違いない。ただ、断っておくが、このことは屋良の実力を貶めるものではない。ただし、彼の使う「沖縄人」という呼び方には心理的抵抗を覚える。

この「特集」の中で、印象に残った歌は、自己にひきつけて風景や基地や米兵等を詠んだ作品群で

あった。それは、玉城洋子の言う「アイデンティティ」であって、大城の『普天間よ』での祖母の探す髐甲の櫛に当たるものでもあり、名嘉真恵美子の言う「衝迫力」を指すことから来るものかもしれない。いずれにせよ、文学とは、人間にとって大切なものは何か、表現する意味とは何かを問いかけつづけてやまない、見えない声なのであろう。

震災詠の三年　被災者・未災者の痛み

2014年4月

この二〇一四年三月十一日で東日本大震災から三年となる。一月十七日で、阪神淡路大震災から十九年が経った。もう、十九年前の惨状は映像を見るかぎり、目につくことはない。二十年後の東北を担うのは、十代から現代の若者たちである。彼らには残念ながら、この悲惨な災害を短歌にする言葉を見つける力はまだない。だが、生活者であり、老後に短歌を生きがいとする多くの被災者が暮らしの内側からこの惨事を捉えている。

歌壇ジャーナリズムの作品は、有名歌人が首都圏に多いためか、震災を外側から見たり、文明論へ走ったりしてしまう傾向があったように思われる。もちろん、それが悪いというのではない。罹災者の、生活の場からの生命の危機や親族を喪失した悲しみ、生きていく苦しみなど、内側からの声が軽視されたように思われてならなかった。

ところが、最近、この震災を被災者の側から詠んだ歌集があることを知った。『歌集　平成大震災』（秋葉四郎編「歩道」同人アンソロジー）である。そこには、恐怖・慟哭・叫びなど、危機にさらされた生命を心の底から詠ってやまない衝動が見てとれる。できるだけ多くの声を留めたい。

まず、岩手県の歌人の作品を引用しよう。

新しき人間関係つくること恐れとまどふ被災の友は　小田島貞子
揺れやまぬ強き地震におろおろと家を出でては入りぬ幾度も　勝又暁子
八十をすぎて津波を逃れしが八か月後に入水せしとふ　菊池悦子
ことごとく家流れたる集落の影ひとつなきさびしさを見つ　中村とき
その下に声無く動けず横たはる人あらん瓦礫に春の雪降る　米倉よりえ

これら引用歌は、岩手県歌人会約三百首の中の五首であることを断っておく。時間をかけて鑑賞するゆとりはないが、小田島作品は新住民とのコミュニティづくりの難しさを、勝又作品は余震のやまぬ不安に神経症となる一歩手前の精神状態を、菊池作品は前途を悲観して自死した友の無念を、中村作品は茫々となった生活の場を、米倉作品は雪の降る中を瓦礫の下から呻き声をあげている人の様子をそれぞれ詠っている。どの作品も事に即しているゆえにリアルであり、震災の内側からの声であることが分かる。
次に宮城県の歌人の作品を紹介したい。

給水車の長蛇の列に加はりて椅子をともなひわれすすみゆく　近藤やよひ
揺れ止まぬ母屋に入りて嫁の靴孫の毛布を運び出したり　島原信義
庭先の車にてラジオ聴きながら津波に果てし友を悲しむ

大地震のすぎて不気味なる静寂にわれにかへれば震へとまらず　菅原伸

断水の続く三月天の恵み名残雪降り風呂桶満たす　西名啓子

これら引用歌も、宮城県歌人会約六十首中から採ったものであることを付言しておく。近藤作品。足の不自由な老婦なのであろうか。水の配給のための列に椅子を使っているという。水は家族の生活の根源である。島原作品。一首目は男手でなければやれぬ、力仕事である。二首目は津波のために生命を奪われた友への鎮魂歌である。菅原作品。偉丈夫な男子さえ、冷静になれば震えが来るほどの大地震だったのである。西名作品。家族を風呂に入れて癒やしてあげたいという女性ならではの優しい作品である。

次に福島県の歌人の作品を引用する。

出荷できず命を絶ちし人の畑キャベツブロッコリーの花咲き満つる　大方澄子

放射能の屋内退避の圏外にあれどわが町歩む人無し　桑島久子

私ら子を生めるかとぞ問ひたりし少女《せうぢよ》のあはれ中学生とぞ　近藤千恵

室内に在りてもマスク手離せぬかかる生活のいつまで続く　佐久間守勝

福島県の歌人会の方々の作品は、ほとんどが福島原発、放射能に関するものである。放射能に関する作品についてはひとまず置き、被曝者〈被災者〉と〈未災者〉という立場から論ずることとする。

この両者を当事者とする見方もある。生き残った者には脳裡から消え去ることのない、心の痛みを詠んだからこそ、忘れ去ることのない歌群なのであろう。他方で、力強く震災に立ち向かった歌ばかりでもない。落胆し、気力を失い、絶望に至った者もある。それでも、人々は自分のありのままの感情を歌に託した。ここに挙げた以外にも佳作は多くあったが、ここではテーマに沿って、作品を引用させていただいた。

災害から十九年経った阪神・淡路の復興は、耐震化、防火化にも及んだという。だが、人々のつながり（コミュニティー）はうすれてしまったとも言われている。東北も、変わってよいものと変わらずにあってほしいものとがあるだろう。

原発の危険にさらされ、大地震の災害に襲われるおそれが、〈被災者〉・〈未災者〉のいずれにも深化していくという意味では当事者であるが、放射能の危険を生活の中で受け、地震・津波をこうむり、生命の危険を受けた者との間には歌の質に差が生じるのではないだろうか。大方作品、桑島作品、近藤作品、佐久間作品、いずれも〈被災者〉でなければ詠えない。

ただ、〈未災者〉でも、ＴＶの映像や現地を訪れて詠うには良心の葛藤があったであろう。自分は〈被災者〉ではなく、それを一方的に描写するだけ。何の援助も与えないだけでなく、眺めているだけではないかという心の痛みである。佐藤通雅が述べているように、「震災詠は時事性のある直下のもので終わるのでなく、長い時間をかけて生まれる可能性のあるものです。現にまだことばを得ていない子どもたちは大勢います」（「新日本歌人」二〇一四年一月号）。今、私たち両当事者が歌を残しておくことが、詠う言葉を未来の子どもたちに伝えていくことになるに違いない。

再び竹山広について　反核文学との差異

２０１４年７月

かつて、「開耶」23号（二〇一〇年七月発行、本書P89〜93）で、私は竹山広と峠三吉の違いについて論じた。その違いの理由について、「被爆から七年たった（正確には六年）頃に詩作した峠と、五十《ママ》年経った時に作歌した竹山の、「涙と血のしたたりの実感」の薄れが一つ」と記した。私はその時、竹山の第五歌集『千日千夜』を基にして書いた。刊行の出版社に、竹山の第一歌集『とこしへの川』を注文したところ、絶版である旨の返事をもらい、入手するのを諦めたのであった。

その後、「開耶」23号が出てから、森本平に『とこしへの川』を読むべきことを示唆された。幸い竹山広の全歌集をもっている知人がいて、快く貸していただけた。竹山の作品を知るには略歴が参考になるであろう。

竹山は大正九年（一九二〇）、長崎県生まれ。昭和十一年（一九三六）、16歳で短歌と出会い、昭和十六年（一九四一）、21歳で「心の花」に入会。この年の九月、肺結核を発病。昭和二十年（一九四五）、25歳で喀血のため長崎市の浦上第一病院入院。退院予定日の八月九日、原子爆弾の投下により負傷。その後、結婚。長男、長女生まれる。昭和三十年（一九五五）35歳、「短歌風光」に入会。戦後中断していた作歌を再開し、夢に脅かされて作り得なかった原爆詠を初めて作る。昭和三十三年（一九五八）38歳、「短歌風光」終刊により、「心の花」に復帰。昭和五十六年（一九八一）61歳、『とこしへの川』刊行。

以上の年譜によれば、竹山の作歌の中断期間は十年間ということになる。しかし、十年という長い歳月が経っていても、被爆時の惨状は生々しく、臨場感に溢れている。この作品化には、昭和十六年から「心の花」で修練をしていたことが大きく作用したことは言うまでもない。『とこしへの川』から作品を抄出してみよう。

血だるまとなりて縋りつく看護婦を曳きずり走る暗き廊下を
鼻梁削がれし友もわが手に起きあがる街のほろびを見とどけむため
暗がりに水求めきて生けるともなき肉塊を踏みておどろく
たづねたづねて夕暮となる山のなか皮膚なき兄の顔にまぢかく
死肉にほふ兄のかたへを立ちくれば生きてくるしむものに朝明く
パンツ一枚着しのみの兄よ炎天に火立ちひびきて燃え給ふなり
迫る火をのがれて川をめざしけむ思ひ遂げたる死屍かさなれり
水のへに到り得し手をうち重ねいづれが先に死にし母と子

もう解説が不要なほどの実態であろう。作者は感情を加えず、目の前の事実だけを詠っている。長崎の悲惨な潰滅を見た眼には感傷的な気分など入る余地がなかったであろう。原爆体験そのものの歌は六十五首、抄出した一連の含まれている「悶絶の街」の節であり、冒頭に置かれている。つけ加えておけば、歌集は全部で四百九十五首である。

このように、原爆体験の歌は事実的、客観的に詠われているが、その後になると、しだいに心情的、批評的な作品が多く見られるようになってくる。後半に次のような歌がある。


万の死者ひとつ炎に燃えし日のきれぎれにして多くを忘る

「多くを忘る」とあるけれども、その後も被爆直後の様子を詠う歌は止むことがないし、原爆をテーマにした歌は鋭さを増していく。

たとえば、次のような歌に自分の手を胸に当てる人も多かろう。


よその国の核戦力の比較など忘れて肥えてよき年の暮

いつしか核戦力の比較を「忘れて」とあり、また自己を「肥えて」とあるが、これは現状を肯定するものではなく、こういうポーズを示すことによって、核兵器に無関心になった一般大衆を皮肉るパラドックスとしての批判である。

小説や詩、そして短歌を含めた原爆文学（反核文学）において、私たちはどのようなスタンスをとるべきなのだろうか。黒古一夫の『原爆文学論』によれば、〈原爆文学〉は現在、大きく三つの方向性をもっているという。

一つは、被爆体験を作品の原点としながらも、被爆者として生き抜いてきた数十年という戦後の時間を、人間の尊厳とは何かの視点で問う作品が生まれてきているということである。

二つめは、小田実の『ＨＩＲＯＳＨＩＭＡ』が切り開いた方向である。論旨を要約すれば、小田はこの作品で、被爆したのは日本人だけでなく、強制連行されてきた朝鮮人、中国人やアメリカ人、日系二世などが含まれ、原爆で被害をこうむるのは常に決まって「タダの人」であり、ウラン鉱採掘――原子力発電――原爆のサイクルでとらえ、このサイクルの中で放射能の被害を受けるのは、やはり「タダの人」であることを指摘する。

三つめは、主に外国文学に見られるものであるが、広島・長崎の惨劇を基にして、起こるかもしれない第三次世界大戦＝熱核戦争後の世界を小説作品として表現したものである。そしてシェルター生活の無効性・無意味性を明らかにしたものである。

ただ、この三類型に分けても、現実には問題はもっと複雑である。「核の傘」の下にある日米安保体制、平和利用という名目の原子力発電等、核の利用は人々の間の反核の連帯に亀裂を生んでいる。

それでは、以上の類型に照らし合わせた時、竹山広の位置づけはどのようになされるべきであろうか。『とこしへの川』の「あとがき」に本人の考え方が述べられている。これがとりあえず参考になろう。「今日なぜ原爆かといふ問ひに答へることは容易であらう。しかし、いま私の願ひは、自らの作品自体がそのやうな問ひかけを宥さないことである」とする。

文意は、何故いま原爆の歌を作るのですか（昭和五十六年当時）という問いに答えることはたやすい。けれど、自分の願いは、自分の作品に対してそういう問いかけが無意味となることなのだ、ということだろうか。

こうなると、竹山の〈原爆文学〉の類型はさきの三つのいずれにも該当しないと言ってよいであろう。後年になると第一の類型に近い作品も見られるようになるけれども。だからといって、この第一歌集で、被爆の惨状をただ記録する意図の下に歌を詠んだとも思われない。

「とこしへの川」のフレーズの入った歌から歌集の題名としたとも「あとがき」には記されている。そのすぐ後にこうつづく。「忘れられゆくあの日の死者たちへの鎮魂の祈りをこめてのことである」。ここに竹山広の最も強い作歌動機があったのである。被爆死した昭和二十年八月九日の者たちへの鎮魂の祈りが彼を掻き立てたのである。そこにはイデオロギーにとらわれない、人の死を悼む純粋な精神がこめられている。

『昔話《むがすこ》』を契機として　「逃げる」ことと震災詠

2014年10月

二〇一三年十一月刊行の佐藤通雅歌集『昔話《むがすこ》』は、次の歌から題名が採られている。「昔《むがす》むがす、埒《らつ》もねえごどあつたづも　昔話《むがすこ》となるときよ早来《はよ》よ」。昔のあの忌わしい出来事が早く昔話になる時代が来て欲しい、と。この「昔」の「埒《らつ》もねえごど」とは、言うまでもなく東日本大震災のことであり、多数の犠牲者を出したことを指す。

その中には、幼児から高齢者まで、死者・不明者三万名近くの人たちがいる。この作品の中の呟き、その言葉を通じて、作者は犠牲者への慰藉の念と哀傷の感情を表現しようとしたのであろう。「あなたたちの霊が安らかに眠る日が来ますように」、そのような、人間の尊厳への想いが込められている作品群だと思う。そして、この思いは生者にも向けられている。東日本大震災の作品でほぼまとめられているこの歌集に対して、歌壇の反応は静かすぎはしないか。批判するなり、賛同するなり、もっと旗幟を鮮明にしてよいのではないだろうか。

被災直後の福島原発をめぐっての、東電や政府に対する怒りがあれほど高まっていたのに、三年過ぎると社会情勢とともに、こうも「冷静」「客観的」になってしまうのか。時間の経過だけにとどまらず、この歌集の一部に拒否感を抱く読者がいるのではないか、とも推測する。

それは、「逃げる」という言い方である。このフレーズに類する語のある作品を抄出する。

日本を脱出したしと思はねどシクラメンの鉢そこに如月
逃げるが勝ちとなりしこの国南より桜前線にじりよりくる
帰りたい、帰れるか、いや、帰れまい、葡萄の粒を口にほほばる
タニンよりワタシが大事　この単純な論理を山のやうにみたのだ

これだけでも、佐藤が地域を去って行く人々を批判的に見ていることが分かる。次の作品などは、感情が露わに出ている。

他人の国を見放す易さ英語教師があつといふまに帰国してゆく

私は佐藤のこれらの作品には、肯定したい点もあれば、批判したい点もある。
まず、肯定したいところは、自分は己れの地から逃げないことを覚悟をもって宣言していること。生活の場から離れないことを明確にし、地域のコミュニティーを守り、仲間を見捨てないことを決意する。故に逃げない。これらを無視する者は「逃げる」ことではないか。そう自分に言い聞かせる。ここに残って、死者を弔いつづけようとする佐藤の姿勢が実によく伝わってくる。だが、そうした佐藤の言葉は、個人主義・自由主義の世の中では誤解を受けることもあろう。

次に批判したい点である。次のような作品が一首のみある。

今週も西へ逃げしを非難する歌あり　選より静かに外す

これは、逃げたことを非難する歌を新聞歌壇か何かの選から外したという歌で、逃げたことを擁護したのである。「逃げる」ということは先述のように個人の自由であるが、この「逃げる」という語には毒が入っている。佐藤はあえてそれを使っているから誤解も受けようが、この歌はその誤解を避けるための予防線のように見えるのである。

この選歌の作品が、もしかしたら福島からの投稿者であったとしたらどうであろうか。同じ仲間が西へ逃げた。投稿者はそれを非難した。その時、原発からの放射能汚染地域から「逃げた」ことを、佐藤も責められないであろう。だから、投稿者の作品を選から外したのではないか。佐藤は「逃げる」という言葉を多用するが、原発の場合には、「退避」とか、「避難」という語を使ってもよいのではなかろうか。「逃げる」に拘りすぎる感じがするのである。

では、私は何故、原発の歌には「逃げる」はふさわしくないと考えるか。一言で言えば、それは放射能から生命を護る闘いであるからだ。相手は間断なく住民の生命を攻撃しているのである。それを誰もが防ぎようもないのだ。福島についての作品を抄出する。

フクシマから転校する子は勝ち組かこの問ひにいきなり歌ははじまる

噴射器をかまへて除染の親子ありいつもの通りのいつもの角の家
食肉として全うせざる牛たちも悔しからむと飼ひ主は泣く

これらは放射能汚染に関わる生活に属する事柄である。ここに見られる佐藤の原発に対するスタンスは、脱原発・反原発を声高に詠うものではない。反核の意志が滲み、背後で作用する大きな力を垣間見つつも、人間の暮らしを破壊する悲しみ、悔しみに無力感と怒りがないまぜになっている。そこには佐藤の闘いの場はない。佐藤は異なる場で闘っている。だから、佐藤の闘いの場から去る者は「逃げる」者なのである。

しかし、福島の人たちの体験は異なり、闘う場も佐藤とは違う。国家の推進した企業プロジェクトである原発が相手なのであり、生命に関わる放射能との闘いなのである。「自らの体験を被害者のそれに封じ込めておく以上、それはいつまでも怒りや哀しみ、絶望といった感性のレベルにとどまっていて〈思想〉にはなりにくい」(黒古一夫『原爆文学論』)。

私たちは福島原発の出来事を思想詩にまで高めて行かなければならない。

私たちが歴史上遭遇する一度か二度の大きな危機に際して、確かに逃げてばかりはいられないだろう。そのうち、原発だらけになれば逃げ場所さえ失ってしまう。だからこそ、三年前の惨事を思想詩へと高め、次の世代へと継いでいってほしいのである。人間の尊厳を守ること、すなわち反核の思想である。この私たちの住む世界は人間が中心なのであって、決して核に脅えながら暮らしたり、核によって滅ぼされたりすることがあってはならない。

最後に、作者が望む『昔話《むがすこ》』とは、大惨事が古い昔にあったことだなあという、平和な暮らしが長くつづき、これからも平安を希求する意味であって、あんな嫌なことは昔あったことだが、忌わしいから早く忘れてしまおう、という忘却の論理から来るものではないことに注意しておきたい。

そして、逃げずに、核と命運を共にする人類の行方を暗示する。

〈汚染物後生大事に積み上げて滅んださうな　あの星がそれ〉

震災後の沈黙　「逃げない者」と「逃げる者」

2015年1月

私は「開耶」前号（40号、二〇一四年十月発行、本書P170～174）で、佐藤通雅歌集『昔話《むがすこ》』の作品を引用しながら、「逃げない者」の立場から「逃げる者」への視線について述べた。佐藤は「逃げない者」の立場だが、同様の立場に歌集『青雨期』の高木佳子がいる。だが、両者の作品を通しての意識には微妙な相違が感じられる。佐藤についてはすでに述べたので繰り返さないが、高木について触れてから、「逃げる者」としての大口玲子の歌集『トリサンナイタ』を挙げ、震災当事者の二つの立場の表現上の比較から見えてくるものを述べたい。

この「時評」を執筆するに際して、吉川宏志と大口玲子の「往復書簡」を目にした（「梁」87号）。主題は短歌総合誌「歌壇」に載った両者の50首詠への互いの感想であるが、傍論の中で震災詠についてもいくつかの指摘がなされている。吉川は、高木佳子の歌集『青雨記』の中から、

それでも母親かといふ言の葉のあをき繁茂を見つめて吾は

を挙げ、この歌は「福島で子どもを育てていることに対して、なぜ逃げないのか、と非難された経験

を詠んでいるのでしょう」と解説している。そして、その際に佐藤通雅の『昔話《むがすこ》』の中から、

逃げるひとは逃げないひとを、逃げないひとは逃げゆくひとを深く傷つける

を挙げて次のように言う。「佐藤さんは初めのうちはどちらかと言えば、避難しない人に共感的だったと思うのですが、この歌では、「逃げるひと」も「逃げないひと」も同じような痛みを負っているのだ、という静かな認識に至っている」と。確かにそうかもしれない。しかし、佐藤には避難しないことへの自恃が根底にあり、高木には、「なぜ逃げないのか」という問いに対するこだわりがあるように思われるのだ。同じ「逃げない者」でも、社会的立場や生活環境の違いによる意識の差異のコロラリーとして把握することができよう。そこは、「逃げない者」だけでなく、「逃げる者」へも社会的背景が大きく影響しているということにも通じるだろう。

ここで私は、震災関連死の人たちのことを想起せざるをえない。安全で、以前のような住環境へ避難しようにもできなかった人たちは、仮設住宅へ入居せざるをえなかった。入居に至るまでにさまざまな困難に出会った。それなのに災害時の仮設住宅には建築基準法はほとんど適用されず、例外が大幅に認められる簡易な住居なのであって、住む人にとっては快適さを維持できる空間ではないのである。このような劣悪な状況も健康を損ねる大きな要因だったのであり、避けられた死であった。避難者には体調を崩す者もあり、死を選ぶ者さえいる。

では、「逃げない者」としての高木は、街を出て行く人をどう詠んでいるか。

その人は明日逃ぐる人明日想ひ明日を信じて明日逃ぐる人

このように、「逃ぐる人」と呼んではいるが、その人は明日を信じて逃げるのだ、というふうに捉えていて、非難めいた調べはない。

被災者にとって、遠くの安全な場所へ避難することは仲間を捨てた卑怯者と非難されるのを覚悟することであり、避難しないことは危険に身を晒しつづけるのを非難されることを覚悟する意味をもつ。そして、「持てる者」は遠くへ行く余裕があり、「持たざる者」は止むなくそこに留まらざるを得ないように見えてしまう。それゆえ、第三者の眼から見れば、後者の方がリスクが高いように思える。

高木自身、「逃げない」ことを問われると敏感に反応するが、その決断も自分を信じた上でのことであり、「逃ぐる人」の心情を察しうるゆえの表現である。さらに、「避難する」と言い換えてしまったら、自己の立場が曖昧になったり、詩ではなく、散文的になったりしてしまうので、この「逃ぐる人」というフレーズを使ったのではなかろうか。

では、「逃げる者」の側は、自己の置かれた立場をどう認識し、周囲からの非難にどう向き合ったのだろうか。大口玲子の歌集『トリサンナイタ』の中に次のような歌がある。

三月十九日　新潟

八日ぶりに髪も洗ひて湯につかり後ろめたさが深刻になる

震災後、仙台を去り、目的地に向かう途中で詠んだ作品である。歌意は、「震災の日から八日ぶりに風呂に入ったが、被災地ではどこへも逃げてゆくことができず、依然として着のみ着のまま充分な暖もとれない人たちが大勢いるに違いない。それなのに私は（バスで）逃げて来て、八日ぶりにくつろいでいるが、心の中は後ろめたさでいっぱいである」と解されよう。「逃げる者」の側も、後ろめたさを感じているのである。高木の眼から見れば、明日を信じて逃げる者には寛容な態度で接することができよう。だが、大口の「後ろめたさ」は容易に氷解しない。

なぜ避難したかと問はれ「子が大事」と答へてまた誰かを傷つけて

「逃げない者」からすれば、じゃあ、私たちは「子が大事じゃないのか」と思われそうであり、彼らの誰かを傷つけたりしてしまうのではないか、と大口は自分の返答に脅えてさえいる。「梁」87号の「往復書簡」の中で、大口は高木の次の歌を挙げる。

逃げないんですかどうして？下唇を噛む（ふりをする）炎昼のあり

そして、「投げつけられた「逃げないんですかどうして？」」という言葉には、それぞれの事情や個性を認めず、皆が同じであることを求める圧力があり、返事をしたり言い返したりする前に絶望するしかないのだと思います」と、高木への共感を示す。そうして大口は、「どうして逃げたんですか」という自分自身へ向けられた問いと同じものと受けとめる。

被災者が創作上の絶望に至ったとしたら、それは表現の自由の危機であり、沈黙が無難だという風潮を生んでしまいかねない。周囲と異なる思想や行動をとると白眼視するムラ社会的な要素は、今でも根強く残っていることが、こういう非常事態に立ち至った時、より明瞭に私たちの前に姿を現わしてくるのを実感することができる。

このことは、私たちが思想上、政治上、少数派になった時、どのように自己を確立しているか、周囲に対してどのように主張を維持してゆくかということと密接に関わっている。原発ひとつ取り上げても危機はまだ終熄していない。私たちの姿勢が問われているのは、短歌だけに留まらない。

創作の自由とその制約

特定秘密保護法施行

２０１５年４月

二〇一三年十二月六日に特定秘密保護法案が国会で可決されて以後、まだ施行されていない段階から、首都圏だけを見ても、行政による表現の自由に対する規制が表面化していった。

六月上旬、東京銀座で、集団的自衛権の行使容認に反対するデモがあった。さいたま市の女性が、それを「梅雨空に「九条守れ」の女性デモ」と詠み、公民館だより七月号に掲載される予定であったが、公民館側はそれを削除し、掲載を拒否したのであった。市教委も市長も、掲載拒否を適正だったとしている。

また、マスコミ九条の会が六月十九日に平和をテーマにした集会を開く予定だったが、会場の明治大学に開催一週間前になって断られた。大学側は「学生の安全を第一に考えた」とのことだが、主催者によると、断られたのは初めてだという。調布市は、八月十五日の市民団体主催の憲法イベントの後援に難色を示した。

これらはほんの一例だが、明らかに行政や、学問の府である大学までもが、言論や集会に対する姿勢を変え始めている。きっかけが、特定秘密保護法の成立に一因があるのは言うまでもない。そして、この法律は二〇一四年十二月十日に施行された。事態がますます悪化するのは間違いない。世の多数の人々は、まさか戦前の圧政が復活することはあるまいと考えているようだが、識者の指摘するように、治安維持法や軍機保護法と同じ側面を有する法律なのである。

治安維持法は、「国体」や私有財産制度を否定しようとしたり、またそのための組織や結社に加入している者（端的に言えば共産主義者）を処罰しようとしたりするための法であった。だが、後に、当局によって拡大解釈され、自由主義者や反戦平和を主張する創作者へも適用されたことはよく知られている。一九三九年、俳人渡辺白泉は、「戦争が廊下の奥に立つてゐた」の句を発表し、翌四十年には、治安維持法違反の嫌疑をかけられ、検挙されている。庶民の生活を詠んだ渡辺順三も一九四一年に検挙されている。起訴状には、共産主義を助長し、治安を乱した、とあった。

ある子供は
大きな柿の樹を描いていて
枯枝の中に一つ、赤々と実を。

これを特高は、「赤い実は「弾圧されても共産党は健在だ」ということを暗示している」とこじつけ、それが決め手となった。坪野哲久も、一九四二年三月、治安維持法違反として病臥中に検挙されている（順三関係は「朝日新聞」二〇一四年十二月九日夕刊、参照）。

ところで、特定秘密保護法成立の背景には、軍事・外交上の機密法制の整備を急ぐよう、アメリカ側からの働きかけがあったと言われている。そのアメリカでは国家機密の取り扱いはどうなっているのだろうか。「情報の自由に関する法律（ＦＯＩＡ）」によれば、日本との大きな違いが数えきれないくらいある。まず第一に、「秘密」とは、「問題の文書が単に手続き上適法に秘密指定をうけているだけでなく、その内容にてらしても秘密指定をうけるに価するものであることを要するとしている」（奥平康弘『知る権利』岩波書店）。この、実質が秘密か否かを判断するのは裁判所であり、「少なくも裁判官との関係では、国家機密というものは存在しない」（同前）のであり、大統領命令による国防・外交秘密も例外ではない。

第二に、公文書の開示請求が、請求者個人の利益にかかわるだけでなく、広く公衆一般の利益につながるため、訴訟になった場合の費用が、原告が勝訴した時や、公文書利用のための索引の整備は国の責任としていることである。

第三に、これはアメリカと日本とではまったく逆なのだが、開示請求の拒否処分を行なった公務員の氏名・地位を請求者に通知する義務があり、開示を拒否し、秘匿した責任者（公務員）に対し、国民の知る権利をふみにじったものとして懲戒責任を負わせている（同前）。

最後に、もう一点だけ、つけ加えたい。主権者である国民が、国家の秘密を知る権利を有するのは当然のことであって、情報を得ようとする市民に対して刑事罰を科したりするのとは無関係なのである。つまり、処罰のための法律ではないのである。このように、ＦＯＩＡは国民が主権者であるという精神を体現しているのである。

ドイツは、ナチズムの苦い経験から刑法で対応し、「自由民主主義的な基本秩序（全体主義に対抗する秩序）」に違反する事実は、国家機密とすることができないことを定めている（明日の自由を守る若

手弁護士の会『超訳特定秘密保護法』岩波書店)。

こう見てくると、日本の秘密保護法がいかに曖昧で、危険かが、浮き彫りになってくるのである。

例えば、私たち創作者に関係するかもしれないのが、「法第三条1項」の特定秘密の指定である。「スパイ活動やテロ防止」「一般に公開されていないもの」「漏れると日本の安全に支障をきたすおそれがあるもの」の三つの要件が揃うと、秘密の情報になるという。

前自民党幹事長がデモ行進を指して、「単なる絶叫戦術はテロ行為とその本質において変わらない」と発言したのは、遠い日のことではない。そして、現在の官房長官は、「何が安全保障かの定義は政権が判断する」と述べているのである。「一般に公開されていないもの」は、膨大な数にのぼるであろう。デモでの絶叫戦術がテロと言うなら、雑誌や新聞・書籍で意見表明するために心情を訴えたり、反戦を主張したり、政治を批判したりすることも同列に見做されるだろう。ましてや、戦時においては、その危険は一層強まるに違いない。

さらに、罰則についてである。「第三条」で「秘密」とされた情報を取り扱う業務に従事する者が、知りえた「情報」を漏らした時は十年以下の懲役に処す、と「第二十三条」は定める。この「業務」とは報道関係者だけではない。出版、著作、研究、創作など、反復継続して行なっている活動を、法律用語では「業務」というのである。「漏らした」とは、発表したと同義であることは言うまでもない。そして、罰則を設けることによって言論や集会を威嚇し、表現の自由の権利行使を委縮させるだけでも、立法者の狙いは功を奏している。

この法は、これを終着点とせず、集団的自衛権の名の下に他国への派兵の道をめざしている。歌人の中からも、これらの危惧を作品化する気運が生まれ始めており、法律と創作の自由とのせめぎ合いの正念場を迎える。「短歌往来」二〇一五年一月号に注目した。

傷口に砂はびっしり集まりて熱風のなか運ばれゆかむ
血に砂は固まりやすくベッドには砂人形のごときが置かる
耳、鼻に綿詰められて戦死者は帰りくるべしアメリカの綿花

吉川宏志「櫻谷／二〇二〇年の綿花」

反核文学の回顧と展望　近藤芳美と井上光晴

2015年7月

今年は広島・長崎に原爆が投下されてから七十年目である。被爆者も含め、多くの文学者・歌人が核をテーマに作品を発表してきた。小説家では井伏鱒二、原民喜、林京子、小田実、井上光晴など、多彩な作家が出ているが、歌人では竹山広と近藤芳美の二人に代表されるのみであろう。竹山についてはすでに述べた（「開耶」23号〔二〇一〇年七月発行、本書P89～93〕、39号〔二〇一四年七月発行、本書P165～169〕）。ここでは、近藤芳美をとりあげたい。

近藤のすべての歌集の中で、意識的に核兵器の問題に真向かっているのが第十四歌集『祈念に』（一九八五年）である。

陽は遥かに礫土に影立つ武器のむれひそかにてこの地の抹殺のため
人間が作り出し今人間のものならぬ終末の武器にして暗緑の塔
核兵器の数がみずからの意志を持つ日ようやくに人間の声などはなく

（発表、一九八二年一月）

晦渋な近藤の作品の中においても、比較的分かりやすい部類に入る歌であろう。ミサイルの並び立つ様を見て、この地球を壊滅させる怖れのあること、人間によって制御しえなくなった放射能によって終末の武器となる危険のあること、核兵器の保有数によって国家の意志ともなること等の警告を誰にともなく発している。

この作品の発表された一九八二年は、まだ東西冷戦のさ中であった。核戦争の危険は依然としてつづいていたのである。この年の一月、「核戦争の危機を訴える文学者の声明」が出された。

……人類の生存のために、私たちはここに、すべての国家、人種、社会体制の違い、あらゆる思想信条の相違をこえて、核兵器の廃絶をめざし、この新たな軍拡競争をただちに中止せよ、と各国の指揮者、責任者に求める。……すべての人々にむかって、ただちに平和のために行動するよう訴えます。（略）

この「声明」は、原爆の惨状とその根本問題を究明するものとしての〈原爆文学〉から、核廃絶を求める〈非核文学〉への移行を示していると言えよう。近藤はこのことを次のように詠っている。

「非核宣言」といえり吾がなす今日の行為詩を「ことば」とし知ることのために

非核宣言に加わることは、核兵器による死を回避し生きて、詩を紡ぎ、その深い意味を味わうためなのだ、と。しかし、二〇一一年三月十一日以後のフクシマから事態は大きく変転する。核問題は、原子力発電所の存在を広くクローズアップさせたのである。原発立地の後、〈非核文学〉は、原発も含めたあらゆる核を射程に入れた〈反核文学〉へと展開した。この原発については、小説家井上光晴の先駆的な業績を抜きに語ることはできない。

井上は、一九七八年、『プルトニウムの秋』を発表し、原子力発電の危険性を吾が国で初めて提示した。あらすじは次の如きである。

「原発で働く夫が、西海調査の部署に転出が決まり、地域や環境を管理する仕事だと述べるのに対し、妻はそれを原発直属の特別警察だと辛辣に言う。そして会社が反対派をプルトニウムを狙っているから危険と見做していると妻が主張するのに対し、夫は素人が浅い知識で動くのが最も危険だと反論したりして、両者の意見は噛み合わない。ところが、その夫婦の家へ被曝したと思われる元作業員が、就労していたことの証明を求めに来た時、夫婦は一体となってその作業員を追い出してしまう。」

この作品は、放射能の問題を通して、人間性、社会性の根本を問いながらストーリーを展開させ、人間(人類)の死への予兆を深いところで感じさせるのである。そして、『西海原子力発電所』を執筆中にチェルノブイリの事故が起き(一九八六年四月二十六日)、不幸にも井上の予測した事態が起きてしまったのである。つづく『輸送』において、核燃料の輸送中の事故を描くのだが、この時点で、すでに3・11のフクシマを彼は予想していたと言えるのかもしれない。こうして、「核の平和利用」なるものへの懐疑的視線が鋭くなってきたのである。

井上の『プルトニウムの秋』が発表された二十年前の一九五八年、近藤芳美は東海原発の建設工事を視察し、竣工の前年に次のような作品を発表している。歌人では、最も早い時期での原発詠であろう。

梅雨ぐもに球形タンク光り立ち街の雷鳴のひとたび激し
人一人の意志が今日吾が上にあり歩みて対う梅雨の河口に
『喚声』

ここには、原発に対する危険性を示唆するような文脈は見受けられないが、一首目の「雷鳴のひとたび激し」に不気味な予兆を感じとることができる。二首目の「人一人の意志」が自分の上にあるという部分は、権力者一人の意志で、市民の知らぬまま事が運ばれることへの危惧の念とも受けとれることができよう。

近藤が東海原発建設現場を訪れる三年前の一九五五年に、原子力基本法が制定された。この法の目的は、エネルギー資源の確保などを通じて、人類社会の福祉と国民生活水準向上へ寄与することにある（一条）。そして、第二条に、民主、自主、公開の原則が取り入れられたが、情報の公開と国民への周知などを定めたこの規定は、学会の強い要望によって法制化されたものである。

だが、この時代はすでに原発への危険の怖れよりも、原子力開発への期待が大きかったことにより、肝心の原子力の安全性、とりわけ放射能から国民の生命・健康を保護する規定は謳われていない。ましてや、最大の眼目となるべき放射能汚染の定めが欠落しているのである。それにもかかわらず、法改正はほとんど行なわれないまま、3・11に至ってしまった。

フクシマの事態は、権力・官僚の「意志が今日吾が上にあり」ということを実感させられた。その一例が衆参本会議全会一致で成立した「子ども・被災者支援法」に対する復興庁の官僚の対応である。この法律では、「基本方針」を策定することになっているが、これを先送りしたい官僚は、「左翼のクソどもから、ひたすら罵声をあびせられる集会に出席。不思議と反発は感じない。感じるのは相手の知性の欠如に対する哀れみのみ」とツイッターに書き込んだ。これが権力行使の側の本音でなくてなんであろう。

だが、「文学者の声明」を初めとした反核の動きは、確実に功を奏し始めている。核兵器については、グローバル・ゼロの運動がNGOなどで提唱されている。そのために、大型戦略核を即時発射できる高度警戒態勢を無力化するよう、核弾頭をミサイルから離しておくことを国際ルール化すべきだとの考えも主張され始めている。

「生か死か」という核の問題を前に、近藤や井上の仕事を見つめ直し、今こそそれを発展させるべき時だと思うのである。

二　批評と書評

思想詠の地平　後期近藤芳美論序説

その一

一　はじめに

近藤芳美の短歌は、他の誰にもまして時代とともにある。周知のように、その作品は戦争や社会の歴史的事象を数多く詠みこんでいる。したがって、その時代状況を抜きにして、その作品を論じることはできない。だが、それだけを見るならば、単なる社会詠ないし時事詠として括られてしまうだろう。近藤の作品の基底には、歴史の流れを見つめる「眼」が存在していることを確認しておかなければなるまい。今それを、近藤自身が言う「思想詠（ゲダンケン・リリーク）」と呼ぼう。そうであるならば、近藤芳美を論じることは戦後の日本の思想にまで踏みこんでいかざるをえない。身に余るこの連峰を前に佇むとき、気の遠くなるような思いがするが、一歩ずつ登ってゆくほかはない。

二　後期近藤芳美論の射程

近藤芳美は多くの歌人たちによって論じられてきた。そこには、二つの共通項があるように思われる。一つは、その論の多くが近藤の前期の作品に集中していることである。戦後まもなく出版された歌集『埃吹く街』の衝撃の大きさが量りがたいほどであることを物語っている。もう一つは、近藤の作歌姿勢が「傍観者」であるとの評価である。

前者については枚挙にいとまがない。ましてや、戦後の歌壇に登場した新しい短歌ともなれば、『埃吹く街』を抜きにして近藤芳美を論じることはできないだろう。だが、創作者にとってデビュー作を超えることが課題であり、そしてそれに満足できないからこそ、歌集『静かなる意志』も、歌集『歴史』も生まれたはずである。したがって、後期になるほど近藤の目指したものが明確になってくると言ってもよいのではないだろうか。そこで、この論稿では、第九歌集『遠く夏めぐりて』以後を鑑賞してみたく思うのである。その理由については後述するが、ここからを後期とする。

三　作歌の姿勢

近藤の作品には、常に「傍観者」という立場が見られるとの共通項としての読みがある。このような評価が正当であるのか、またそうであるとしたなら、なぜその立場に立つのかも追求されるべき課題であろう。

ただ、この作業が近藤の作品とまったく別個の処で論じられても意味を持たないように思われる。短歌は、作家論が作品論と切り離しがたく結びついており、作品の中に作者の意志が直截に込められているからである。「傍観者」と見做される拠りどころは次のような歌である。

(a)いち早く傍観者の位置に立つ性に身をまもり来ぬ十幾年か　『埃吹く街』
(b)傍観し得る聡明を又信じふたたび生きむ妻と吾かも
(c)傍観を良心として生きし日々青春と呼ぶときもなかりき　『静かなる意志』

こうした歌に歌壇から多くの批判が投げつけられた。しかし、田井安曇が正当にも指摘しているように、戦後最初に「傍観」的抒情を否定したのは近藤自身だったのである。「少なくとももっと今日の現実の中に苦しみ、そこからの迫真、もっと痛々しく身をくねらせた、はげしい写生」(『新しき短歌の規定』)の歌こそ現われるべきである、と。したがって、(a)の「傍観者」は額面どおりに受け取るべきではない。また(b)の歌は、「傍観」を「聡明」とする二重構造となっていることに注意すべきことをも、田井安曇は早くから指摘していた(『近藤芳美歌集』解説、短歌研究文庫)。このような見方は、現在の歌壇では有力な見解となっている。三枝昻之は『昭和短歌の精神史』で次のように述べている。

「聡明」「良心」という言葉とセットになることからも分かるように、「傍観」は近藤においては時代に対する積極的な意思表示だった。情勢に翻弄されないで時代の深部を見つめるための選択だった。

このように、近藤にとって「傍観」は、時代の表象の本質を見抜く「眼」を保つための「投企」だったのである。ここへ近藤を追いこんだのは、戦前・戦後の激動の中で見た人間精神の零落であり、悲運の時代の知識人の性であったろう。

しかし、後のことではあるが、この十余年の近藤の作品の中に、かすかなとまどいがあるのを小高賢は見逃すことなく、次のように鋭く指摘している。

いままでの近藤芳美の作品には「社会主義」「マルキシズム」「共産主義国家」といったボキャブラリーは登場していなかったと思う。……なにかが動いている。私はここに近藤芳美の動揺を見るのである。

（『転形期と批評』）

四　二つの水脈

長期間にわたる近藤の作品群を振り返ってみる時、二つのタイプの作品群に分けられることに気づくのである。

(A)いつの間に夜の省線にはられたる軍のガリ版を青年が剝ぐ

(B)世をあげし思想の中にまもり来て今こそ戦争を憎む心よ

(A)・(B)は、『埃吹く街』の一首目、二首目の作品である。(A)は、徹底抗戦を告げる軍の檄文をひとりの青年があらあらしく引き剝いだ歌である。ここには彼の主張する「なまなましい人間性、社会の不安、ぎりぎりの生活の問題」を背景とした、イメージの鮮明な写実の特長が発揮されている。他方、(B)は、「われわれを今押し流している濁流を何であるかと知る科学を持たなければならない」ところから出発し、「新しい歌の一つの性格は、作品自体の中になまなまとした思惟があることだ」という帰結から導き出された作品であると言うことができよう。これはイメージよりも思惟を前面に出した作品である(「 」内……『新しき短歌の規定』)。そして、この二つのタイプの作品は、以後第八歌集『黒豹』まで、二つの水脈のように続いてゆくことになる。『静かなる意志』も確認しておこう。

(A)′すでにして寝ねたる妻よいだくとき少年に似てあはれなるかな
(B)′罪あらぬもののみ罪の自責ありこの行く群衆の従順を見よ

視覚によるイメージの作品と理性によって表現する思惟の作品は、これ以後も二つの核のように詠い継がれてゆく。

その二

一 『黒豹』の登場

「その一」において、近藤芳美の前期の作品群が二つのタイプに分けられることを述べた。一つはイメージの鮮明な写実の特長が発揮されている歌であり、もう一つは理性によって表現される思惟の歌である。このような流れの中で、昭和四十三年十月に歌集『黒豹』が出版される。その中の昭和四十年の作に、次の歌が発表されていた。

森くらくからまる網を逃れのがれひとつまぼろしの吾の黒豹
追うものは過去よりの声森をいそぐ老いし黒豹を常のまぼろし

この歌の初出は昭和四十年五月号の「未来」である。この歌を誌上に見出した時の「未来」の人たちの反応は異様であったという。「とうとう！」「まあ！」「やれやれ！」「やった！」等々であったと田井が言うように（田井安曇『近藤芳美』）、「まあ！」「やれやれ！」とかいうのは、「アララギ」育ちの、土屋文明の弟子であった近藤芳美という一作家のリアリズムへの期待が裏切られたことから来ており、その踏み出した距離の大きさに対する非難であった。他方、「とうとう！」「やった！」とかの讃辞は、前衛短歌の方向へ近藤芳美も踏み出したという驚きであった。ここから前衛短歌との関係を論じる前に、一度、この作品の歌意を見ておこう。吉田漱は次のように言う。

「黒豹」一連は特異な作品であり、歌集題もこれに負う。「森くらくからまる網」は、いまもにがく作者にまつわりつく青年期として戦中の暗い体験。「吾の黒豹」は、また作者の兵たりし日々のことであろうか。それは単に兵としての記憶ばかりでなく、しなやかで強い作者の精神、作者そのものである。

（『近藤芳美私註』）

しかし、この歌の技法、別系列の方法に触れていないのは、残念であり、そこは田井とは異なった立場から、私も疑問に思う。

それは前衛短歌との関係が欠落していることだと思うのである。

二　前衛短歌との差異

この一連が前衛短歌を意識し、その影響を受けているとしても、あまりにも相違点が多すぎる。前衛短歌の特徴は、喩を多用すること、批評性があること、軽みを取り入れることなどであり、レトリックを駆使し、表象的な素材を重視することにある。

例えば同時期の塚本邦雄は、

ラ・マルセイエーズ心の国歌とし燐寸の横つ腹のかすりきず　『緑色研究』昭和四十年

と詠っている。フランスの国歌ラ・マルセイエーズが、祖国防衛のために義勇軍によって唱われ、革命政府を護るために戦ったことが、マッチ箱の「横つ腹のかすりきず」に託されていると解することができる。だが、この歌は、人間の心の深部にまでは届かない。また、革命の本質を問おうとするものでもない。機知に富んだレトリックの歌なのである。また、同時期の岡井隆は、

まつすぐに亀裂を伝つて出ようとする俺か日本かアジアのそとへ　『眼底紀行』昭和四十三年

と詠っている。塚本同様に、国外への逃亡の願望を「亀裂を伝つて出」るというように、レトリックや技巧が先行しているのであり、歌が何かの本質や不条理を問いかけようとするものではない。

これに対して、近藤の掲出歌は次のように整理することができよう。「からまる網」から逃れようとする一匹の黒豹、というのは仮想の事実である。ここから、作者の言おうとした真意は何かが問題となる。「からまる網」が国家権力であるとか、内面の抑圧作用であるとか、さまざまな解釈があろうが、いずれにせよ、喩を用いたことにこの作品の象徴的な意味がある。

私は当時のソ連のフルシチョフ解任なども、不安の引き金になっていると思う。フルシチョフはアメリカとの対話を始めていただけに、近藤だけでなく、多くの識者の懸念材料となったであろう。そして、国内では、アメリカの北爆への反対運動が高まってゆく時期でもある。この年、ベトナム戦争は一段とエスカレートしてゆくのである。まさに戦争の記憶が、兵士であった記憶が、近藤に暗い影を落としたことは否めない。こうして見ると、「からまる網」は見えざる国家権力であると捉えることもできよう。なぜなら、ベトナム戦争は国家権力の生の実力行使であり、戦争そのものは国民を一人残らず動員しようとしたかつての日本の姿でもあるからである。

そして、一匹の「黒豹」は作者の分身とみなしてよいように思う。つまり、見えざる国家権力から逃れる自分の姿を客観的に眺めていると解される。その自分とは、ありうべき一つの姿であろうが、「黒豹」であるところに、作者自身の暗部が映し出されていることが感じとられるのである。その上、この「黒豹」は「逃れ」ようとしているのであって、網を喰いちぎって立ち向かおうとするのではない。国家権力からの逃亡の暗示、それゆえの理性の煩悶、内面の暗部の剔抉は、既述の前衛短歌とはその歌柄を大きく異にすると言ってよい。だから私は、次のような篠弘の読みに同調することはできない。篠は次のように言う。

この「森」の喩から、ベトナムの密林を想起しうるが、これは戦中から暗い体験を曳きずってきた、暗闇にもめげない逞しい芳美そのものであろう。「黒豹」のイメージとしての自分の存在を確かめる。しなやかに転生しながらも、けっして逃亡しない覚悟を暗示する。

（『近藤芳美集』第二巻解説、傍線、今井）

三　歌集『黒豹』の位置

歌集『黒豹』は、掲出歌ばかりが議論の的となってきた。しかし、本歌集を見渡すかぎり、このような作品は「孤立」し、近藤芳美の全系譜からいっても依然として突出している（田井安曇前掲書）。だが、私は掲出歌は突然に変異した歌だとは思わない。それは前章で述べた(A)水脈と(B)水脈の合流、言い換えれば、イメージと思惟の融合と言うべきであろう。自己の思惟を、具象によるイメージとして表現している作品と見ることができる。近藤は自己の短歌の行きつく一つの方法をここで確認したのであろう。自己の短歌のいくつかの可能性の中の一つの完成された姿を見届けたのである。

この一連の作品以後、近藤の作品は思惟を重視する歌が多くなってゆく。すなわち、(B)水脈の歌で通していこうとする決意が伝わってくる。しかも、従来の(B)水脈そのものではなく、晦渋で、リズム感のない、重々しい詠いぶりとなって表現されてゆく。近藤は、自己の思いが他者に通じようと通じまいとお構いなしに、まるで求道者のように自分の道を突き進んでゆくのである。

このように、多くの論者が指摘していることだが、『黒豹』は近藤短歌の大きな転換点となっている。どのような方向への転換かは、後の足跡が示すように思想詩の方向である。近藤は「詩」と「思想」の結合を目指していったのである。昭和五十一年に次のように述べている（一部略）。

歌を作るときに、技法の問題より先に本当はもっと大事なことがある。人はそれを言うことを忘れようとする。否、現代短歌が忘れているものである。／第一に、心にはじめに「詩」をいだくことでなくして何であろう。／心に「詩」をいだくということは何か。うたうものが、心に「詩」をいだき得る資性のものであるということである。すなわち、「詩人」であることである。／さらに今一つ大事なことがある。わたしたちが短歌作者として、うたうべきものを心にもつということである。うたうべきものをつねに心に持つ、ひとりの表現者であろうとすることである。／その、うたうものとは何なのか。わたしたちの「思い」と言えばよい。／その「思い」はやがて一人の人間の「思想」となるべき筈のものである。

（「短歌研究」一九七六年八月号）

こうして、『黒豹』は次への新たな展開へのステップともなったのである。ここに近藤の苦闘が、思想詠への挑戦が本格的に開始されたのである。

四　前期から後期へ

『黒豹』において、掲出歌の一連の後、後期の近藤の歌の萌芽が見出されるようになる。

虚栄の故つねに権力の虚栄のゆえ賭けゆく戦争に彼ら怯えつつ
うつうつと国ひたす雨一民族をかかる寡黙に戦わしむるもの
黙しむかうひとりの懈怠祖国とよび死をうべなわんための死のこと

これらはベトナム戦争の一連である。吉田漱の優れた解説（『近藤芳美私註』）を参考にしながら見てゆきたい。一首目、「彼ら」とはアメリカであり、「虚栄」は権力維持、自分の座を賭けるものたちの虚栄である。作品には「アメリカ」も、「ベトナム」も、武力衝突の場面も出てこない。一般的な戦争を概念で詠っているようにしか見えない。別に、ベトナムでなくてもよいようにさえ思える。これは二首目、三首目も同様である。近藤の狙いは何か。それは戦場を詠うことではなかった。普遍的な戦争、そして人間というもの、それを描こうとする方向に自分を措定したのである。この歌には戦争や人間の本質に迫ろうとする近藤の挑戦者の姿が見出される。

二首目、一民族の戦い続ける意志とは何なのか、と問う。まさに、「何を」詠うかということを強調した近藤の思いがそのまま直截に出ている歌である。「戦わしむるもの」とは、人間の志であり、尊厳である。戦争は生命を賭けて行なうものであり、そこには人間のぎりぎりの選択、価値観が見出されることを伝えようとしたのである。

三首目、吉田の『近藤芳美私註』によって、その意味が明確になる。祖国のために死も肯定する民族の前に、自分はそれに黙しむかう唯ひとりの懈怠な、遠い者にしかすぎない、と言う。「懈怠」「祖国」「死」といった抽象語が、羅列されている。この歌には、祖国のためには死をも厭わない人間、さらに民族の源泉となる思いは何なのか、読者を思索の世界へと引き込む力が秘められている。

このように、近藤の戦争詠は、後年記すように、「思想にまで高められなければならない」との言葉を実践する礎石が、このあたりで築かれ始めたと言えるだろう。そして、抽象語、概念語の使用、「何」を詠うか、普遍性、物事の本質等々、近藤の歌を見る場合の特徴が、一首の作品の中に凝縮され始めるのも、この時期あたりから顕著になってゆくのを見過ごしてはならない。

五　『黒豹』の総括

以上のように、『黒豹』の掲出歌の一連の誕生を見てくると、私は次のような田井の見方には同調できない。田井は言う。

「黒豹」はベトナム北爆という日本の新しい段階で一度あらわれ、一挙に成功し、すぐに消え、あとはいわゆる直叙の歌のみに復する不思議な作品である。思想が戦争によって存立点を奪われた絶望の瞬間に一挙に形成され、たちまち消え去った。まるで児雷也の墓のように思えるのである。

（田井安曇、前掲書）

これまで述べてきたように、『黒豹』は生まれるべくして生まれたのであり、表から消えても、それは次のものへの胎動であったと言うべきである。また、『黒豹』は記念碑であっても、「墓」と見るべきではない。そこには近藤芳美の通過した一里塚の意味があることを看過してはならない。また、「直叙の歌のみに復」したというのも、以上の点から私は異議を唱えたいと思う。

『黒豹』の「後記」に、「この間、わたしの生活は平安であったが、国の内外ではベトナムその他の戦争がつづいた。激しい歴史の嵐の時に生きているとも言えよう。二十年の戦後を経て、わたしの齢はようやくみずからの老いを思わなければならない日に至ろうとしている」とふり返る。「平安な生活」に見える日常も、実は「激しい歴史の嵐」の中にあるという認識を常にもちつづけていた。そして深くて冷徹な眼が歌人近藤を思想詠へと向かわせたのである。

こうして、『黒豹』は、前期から後期への転換点となった。前衛短歌ではない、自らの新しいスタイルを求める近藤の挑戦が一歩を記してゆく。それは静かに、低く、苦しみを伴った新たな歩みでもあったのである。

その三

近藤芳美は、第八歌集『黒豹』につづいて、昭和四十九年、第九歌集『遠く夏めぐりて』を刊行する。昭和四十三年秋から昭和四十六年の終わりにかけての作品より成る。これは近藤が五十五歳から五十八歳の時期になる。ページの順を追って作品の鑑賞を試み、各節ごとにその特徴を述べてゆきたい。

ここでは、近藤の短歌がいかに歴史と連結し、社会の動きと切り離すことができないかを確認し、近藤の後期の作品の「詠み」が『黒豹』以前と徐々に異なっていくことを示唆するにとどめる。

一 『遠く夏めぐりて』注釈・序論

「森くらくからまる網を逃れのがれひとつまぼろしの吾の黒豹」の歌で、本論で述べたように、近藤は前衛に近づいたとの見方もあった。確かに、「からまる網を逃れる黒豹」というのも、「まぼろしの吾の黒豹」というのも比喩であって、その難解さを増しているが、前衛の難解さと近藤の難解さとは質的に違う。前衛は修辞の意味や比喩の難解さが一首の部分ではなく、全体を蔽っているがゆえの難解さであるのに対し（例えば塚本邦雄「液化してゆくピアノ」の歌）、近藤のそれは修飾語がどこにかかるのか、語順がどうなっているのか、省略された語句は何なのかといった文体や文脈のとり方の難解さである。前衛と比較した時、近藤の比喩はむしろ受容しやすいと言えよう。

そして、近藤の比喩の難解さは、『黒豹』をもって切断され、それ以後は新たな難解さを伴ってくる。すなわち、自己の思いを表現するためには、従来の文脈や文体の整合性に留意することを重視するより、ここに至って、明確な表現をすることによっての、奥行き、あるいは深みが失われるのを回避しようとしたのだと思われる。分かる者だけが分かればよいという、孤高の域にはいっていったのである。「読み」による救済を求めない世界なのである。

そういう意味で、私は後期の始まりを『遠く夏めぐりて』にしたのである。同時に、「森くらく……」のような比喩の作品は見られなくなってゆく。そして、詠う対象は、同じ歴史でも、前期は国家・革命・生活など、ほぼ『黒豹』に集約され、後期の『遠く夏めぐりて』以後は重心を戦争・核兵器・人類の生存へとシフトし、より大きな状況を見据えてゆくのである。その背景には、キューバ危機、ベトナム戦争、あいつぐ核実験などがあったことも大きな影響を及ぼしたことであろう。『遠く夏めぐりて』は、「駱駝」の節から始まっている。

二　「駱駝」

夜ごとひとり読みてねむらむ遠き世界野生の駱駝沙に追う旅

近藤の歌の中には「ひとり」という表現が頻出する。彼の精神に共鳴し、理解し合える存在がないかのような寂しさが滲む。何を「読みて」いるのか、その書名は確定しがたいが、私にはスウェン＝ヘディンのシルクロードないし西域に関する本のように思える。地名こそ出てこないが、以下の歌を読む時にタクラマカン砂漠を連想する。遠き世界の駱駝を探して砂漠を旅する夢を見ているというのである。実際、ヘディンは飼育駱駝ではない野生駱駝を求めて、その存在を立証しようとした。野生は森林を好まず、砂漠中の荒涼たる地を好んだと記している。ヘディンは『中央アジア探検記』において、この野生駱駝と飼育駱駝との違いを克明に記している。このことを近藤は知っていた。

「遠き世界」も、「旅」も、「ひとり」と同様に近藤が希求してやまない憧憬であり、遠い世界への旅はこの後もしばしば繰り返される。

衰うる駱駝を捨ててたどる旅塩湖の白く乾く行方を

行けども行けども水にありつけない駱駝はついに疲れ果て、乗るのをあきらめる。行く手はどこまでも、かつて湖であった場所が塩で白く乾いているのだ。

ヘディンの『中央アジア探検記』に、砂の山また砂の山を進む中で、駱駝が遅れ気味になり、鞍を取りのけてみたところ、背の皮が擦り剝けて黄色い肉がのぞき、脚は震え、舌は白く乾いていた、これをヘディンの一行は従者の世話に託して残していった、とある。この時、この哀れな獣は一行を慕って長い間啼いていたという情景が、この「捨てて」いかれた駱駝と二重写しになる。

この歌には、容赦なく照りつける太陽と地上の乾く白い塩湖のコントラストが際立っており、その広い砂漠に小さな点として歩きつづける一人の人間がパースペクティブをもって描き出されている。

遠き王女埋むる湖畔の墳《つか》と読む黄沙の没り陽吾が夢となれ

楼蘭遺跡のことについて書かれている本を読んだのであろうか。かつて存在した湖の畔りに王女が眠っている古墳があるという。砂漠の夕陽を受けながら、そのような王女の姿を見とどける夢を見たいという。まさに「遠き世界」を追求する。そして、この王女は後にはほぼ原形をとどめたままの姿で発掘されることになる。

流沙のはて渡る雲なす雁のむれ亡びし王城のかぎりなしとも

砂漠の彼方の空を雲のように雁の群れが飛ぶあたりに、滅亡した王国のいくつもの城が埋まっているのだという。滅びた城にかつての栄華の痕を見たいと思ったのか。なぜ、近藤はこのように中央アジアの古代の歴史を夢想するのか。後年、昭和六十二年十月、近藤はトルファンまで行き、高昌故城や交河故城を訪れているが、東西文明の十字路とも言われたこの地に、文明を考え、人間を考える源泉を見ようとしたのであろう。

三 「戯画」

この一連は、アメリカ大統領選挙についての作品であろうか。昭和四十三年十月三十一日、ジョンソン大統領はベトナム戦争での北爆を全面的に停止し、アメリカと北ベトナムのパリ和平会談への南ベトナム政府と解放戦線の代表の参加を承認すると声明した。まさにこのような時期にアメリカ大統領選挙は実施され、反共産主義者として知られるニクソンが勝利する。

ニューヨーク一夜呼びつぐ報道を切りて吾が寝む戯画の結末

ニューヨークでは大統領選挙の結果を一晩中流しているとのニュースを消して寝よう、選挙の結果は滑稽な絵のようだと思いつつ。

この大統領選挙がどのように戦われたかは知らない。しかし、反共産主義者のニクソンが勝利したことは、ベトナム戦争を終わらせようとするパリ和平会談に悪い影響を与えることは必至である。それなのに、アメリカ国民は彼を新しい大統領に選出した。これが戯画でなくて何であろう。

権力をかち得しものに国の歓喜はるか深夜の虚空をつたう

権力の座を得た者に国中が歓喜して祝福する。そのことが深夜の日本にも伝えられている。歓喜している国民を見ている己れの姿は、過去の若き日の日本、そして自分の通過した道であったと言うかのように詠う。

地上の死いまもやまぬ日虚空つたう新たな権力の一夜の喚呼

「地上の死」がベトナム戦争を指しているのは明らかである。その戦争で多くの死者が出ている日に、新たな権力の座についた者を喚呼するアメリカからのニュースが日本にも流れてくるのである。

「新たな権力」という語は、詩的にはナイフの鋭さをもって胸に刺さる迫力を有している。意味的には、新大統領の誕生である。また、「一夜の喚呼」は、この夜だけの喜びの声であり、すぐに失望に変わってしまうだろうとの含みがある。「喚呼」はそれにもかかわらず熱狂する民衆の愚かさをも暗示するアイロニーとなっている。

この卑しき野心の笑い空電のみだれに国湧く喚声とのみ

近藤の思想的スタンスからして、反共産主義で知られる新たな権力者の笑いは「卑しき」ものとして映ったであろうし、それは「野心」から来るものと受けとめられたであろう。そして、そのニュースが空電によって乱される中、アメリカは国中が喚声で湧いていることだけ告げられるのである。これからアメリカで、そしてアジアで、人々の望まざることが起きるかのような不気味な予兆を感じとることができる。

一国の選択がかく終る夜の冬こがらしの電波のみだれ

アメリカ一国の大統領選挙がニクソン当選という結果に終わった夜に、木枯らしの吹く冬の夜の雷がニュースの電波を乱している。

「一国の選択」は、世界百数十カ国の中のアメリカ一国に過ぎないが、しかしそれがアメリカであるだけに、その国民の「選択」は世界を変えるだけの大きな影響力を持っていることを、作者は充分に承知している。それゆえに、このような結果に終わったことの不安が、この冬の夜の嵐のように、心に影を落としているのである。

ベトナム反戦運動が盛り上がっていただけに、アメリカ国民の知性、そして理性を信じていたのであろうが、それだからこそ、このような結末は平和を願う近藤にとって、まさに戯画、滑稽な絵であったろう。近藤が期待していたような世界は、まだまだ遠くにあったのである。

四　「幻影」

うつ伏せに吾が聞く動悸雨めぐる夜を基地遠き救急車あり

自らの動悸をベッドにうつ伏せになって聞くという、まさに沈鬱なその雨の夜に、基地からは遠い自宅の近くを救急車の通る音がする。

基地の周りで何か起こったという暗示でもある。作歌の時期からして、国際反戦デーに関わることかもしれない。要は、救急車のサイレンが基地のあたりから来ているのだろうと、近藤が思ったことである。練馬区向山にある自宅からどれほど離れたところに基地があったのか。新座のキャンプであろうか。

この歌には基地と救急車とを強く関連づけるねらいが明確に浮き出ている。救急車は基地周辺から来ているか、あるいは向かっているかしているのである。そして、負傷者とは、米軍撤退を求め、あるいは戦争反対を叫ぶデモ参加者である。すでにこの頃、国内では社会主義と反戦をめぐって多くの学生セクト集団が組織されていた。彼らはゲバルト（暴力）を肯定し、社会主義革命のための活動を展開していた。時にはセクト間での対立も起きていた。学生の中には彼らに共鳴する者もいたが、大多数はセクトを嫌悪し、セクトの外にいて、反戦平和の思いを抱いていた。こうした学生たちはノンセクト・ラジカルと呼ばれていた。

渦なして行く狂熱のむれ幾夜待つべき明日に面覆うため

「渦なして行く」とは、ごうごうと音を立てるような反戦デモの隊列への形容であろうか。この「渦」は、激しく流れ突き進むもののリアルな表現である。そして、そのデモの列を「狂熱」と言う。激しく叫びつつ投石することまでが想起される。「むれ」が何か動物的な響きを伴うのは、デモの隊列が凶暴性を帯びている集団であるとの近藤の直感であろう。近藤が反戦の立場に立つからといって、反戦デモに諸手を挙げて共感しているわけではない。時には嫌悪や冷淡な視線を向けることさえある。それは近藤が暴力を是認しないことも理由の一つである。

もっと根底的な理由としては、近藤のコンプレックスなのかもしれない。集団の中で一つの目的に熱狂し、他の人間たちと共有する連帯感、それを近藤はうらやむ。これこそ、彼に欠けているものである。他の人間と距離をとるだけでなく、突き放す。その中に入ってゆこうとしない自分がいる。そういう意味で、いつも孤独である。

作品に戻ろう。そうしたデモが数夜つづく。「待つべき明日に面覆うため」とはどう理解したらよいのだろうか。この「明日」は、そのまま「あした」と取るよりは、「未来」と読んだ方がいいだろう。「彼らデモ隊を待っているであろう未来に、顔を隠すようにして」と解しうるのではないか。では、なぜ顔を隠すのか。それは、このままでは日本の未来が悲惨なものになり、見るに堪えない結果を見たくないという意味で、「面覆うため」なのである。学生たちが憂えたのは、独占資本の収奪により労働者はますます窮乏化し、米帝に追随する日本の権力者は、戦争への道へ、いっそう危険な状況へ人民を陥れるという悲惨さである。だが、近藤の思いはそのように純直に割り切れるものではなかった。

投石のはて沈黙のかえる夜を吾に愚かなる幻影の明日

この「幻影」の一連の作品は、近藤が直接見て作ったとは思えない。たぶん、救急車の音を聞いた後に、ニュース画像で捉えた思いを吐き出したのであろう。私には、深夜に近藤がデモの様子を見に出かけたとは想像できない。それは、遠くから物を見つめ考える彼の性格から導き出される推測である。作品の中に、「遠く」の語がしばしば散見されるのも、その傍証であろう。

デモ隊の投石の後に静まる夜、自分は愚かなまぼろしのような明日を思ったと詠う。「幻影の明日」とは、デモ隊のめざすこの国の姿が実現するという「幻影」であり、それゆえに「愚かなる」想いなのである。実現しそうもないことが実現するかもしれないという思いを抱いたことが愚かだと自嘲気味に詠う。騒乱の後の静寂が実に空虚な色彩を帯び、無力感が漂う。

つきつめて叫ぶ声々はまぎれねばはるか吾ら見しファシズム前夜

「叫ぶ声々」は、デモ隊の叫び、シュプレヒコールである。この叫びはまぎれもなく現実のものである。これははるか以前、軍部の支配を批判した者たちがいた時と同じ状況だと言う。我々が見たファシズム成立前の光景だと言うのである。近藤の学生時代、彼の周りには共産党に共鳴して活動し、逮捕される者たちがいた。非合法活動であった。昭和十一年の二・二六事件の時、かれは二十三歳の東工大の学生であり、翌年には日中戦争が始まっている。この時、日本人は物言えぬ口しかもっていなかったのである。

孤立する日に来るものを見ているのか呼び呼びて吾がまぼろし走れ

ここで言う「孤立」は、作者の孤立であると同時に、作者の希求するものの孤立である。人間の良心が具現化する社会を希求している。そのような良心が孤立する時に来るものとは何か。それは暗黒の社会である。ファシズムである。このような時だからこそ、今こそ人間の良心を人々が交わし合い、呼び覚ませと言うのである。「まぼろし」は、作者の希求する人間の良心と解する。そこには、絶望はない。人間のもつ良心への信頼がある。

ところで、結句の「呼び呼びて吾がまぼろし走れ」には、まだ前歌集『黒豹』の名残りがあるように思える。「まぼろし」を擬人化したところなど、ややロマン的で甘さが感じられるが、決然と言い放つ「走れ」には作者の強い意志が込められている。

五 「叫喚」

ここでの一連は、学生の行動の現場を描写したものである。ニュース映像であるかもしれぬにせよ、近藤の向けられた視線の先がどこにあり、そして何を詠おうとしたのか、彼の作品を理解する上で示唆を与えられるに違いない。

逃れたきまた逃れたき今日のさけびガス弾を打つ霧のひかりと

機動隊と学生たちの衝突の場面である。「逃れたき」は、作者が「さけび」から逃れたいのか、学生たちの逃れたい「さけび」なのか、二義的に解せられる。このように判断に苦しむ場面は、近藤の歌を読んでいく時にしばしば遭遇する。私は後者を採る。機動隊の反撃に逃げてしまいたいと思いつつ叫んでいる学生たちなのである。作者はそのように学生のデモ隊を捉えている。彼らを決して英雄視しはしない。機動隊がデモ隊に発したガス弾の煙が霧の中に光っている夜なのである。

ガス弾の街雪のごと警備車の燃ゆる炎に去らぬ幾万

雪のごとく燃えるという警備車は、白い煙に巻かれているのであろうか。その騒然とした現場を多数の群衆が見つめているのである。

ごうごうと警備車の燃える音と、それを遠巻きに寡黙に見つめ立ちつくす群衆とのコントラストが、惨状をいっそう際立たせている。

待避線霧濃き深夜ありありと暴動を呼ぶときのひそけさに

待避線――、鉄道で、列車の行き違い、または追い越しのため一方が避けるため設けた線路。列車の待避線が、霧深い深夜にありありと見える。暴動を誘発するかのように静かに。

近藤の歌の特徴は、この作の結句のように、「ひそけさに」とか、「霧のひかりと」とか、次の掲出歌の「夜の四囲」とかに収束してゆく。具体を出したあとに、こうした淡々とした抽象的なフレーズでまとめるのが、この時期によく見られる。

血ぬれ合う少女の叫喚の聞えねば映像は消え吾が夜の四囲

血まみれになった少女の叫びが聞こえぬままテレビの映像は消え、自分の周りには夜の静寂が残る。ここで、近藤が一連の騒乱をテレビで見ていたことがはっきりとする。少女が血を流しながら叫び声をあげている。「少女」という語の選択により、その悲惨さ、悲劇性がいっそう強まる。権力の側の横暴さが逆に際立つ。近藤は少女の側に立って、この光景を描写している。明らかに加害の側ではない少女の姿を「血ぬれ合う」存在と捉えているからである。叫喚の後の静けさがいっそう際立つ。

革命をついに意志せぬ「今」過ぎつつその叫喚を遠く眠らむ

社会主義革命を意図してはいない現在の騒乱が過ぎ、その少女らの叫びを遠くに置いて私は眠ろう。近藤は学生群の行動が社会主義革命を目指しているのではないことを充分に認識していた。彼らの実践は、それ故に捨て鉢なのであることも承知していた。革命が達成されるにはほど遠い状況であることはデモの側にも分かっていた。それだけに彼らの行動は絶望的であり、少女らの叫びは近藤の脳裡の隅に置かれるのである。「遠く」とはそのような意味であり、それでいながら忘れ去られるのではない。

六 「時」

前節「叫喚」に続く一連であるが、前節が現在の闘争を詠ったものであるのに対し、この節で已れの辿ってきた人生との相関の中で学生たちの闘争を詠っている。この点が両節の大きな相違点である。

宙吊りの思想と嘲笑のめぐるかた老いて求めてさまようと言え

宙吊りの思想と自分のことを嘲う方向へ、老いそめた今、求めさまよっていると言わば言え。「宙吊りの思想」とは、自由主義でもなく、社会主義でもない、中途半端に見える己れの思想を嘲笑する者たちの言葉である。「老いて求めてさまよう」と自分の姿を表現しているが、自虐的なほどに痛々しい。誠実に生きようとすればするほど、中途半端になってしまうのが知識人の生き様である。

いつの日にも幻影を見ぬ生なりし経たる一生《ひとよ》は寂しとはせじ

これまでついに幻影を抱かずに生きてきたが、過ぎてきたこの一生は寂しくはない。この「幻影」は、思想的な領域に関わるものであろう。イデオロギーに幻影を抱かなかった近藤の生き方でもある。だからこそ、「寂しとはせじ」なのである。

この後、学生運動は近藤の期待するような方向へ向かわなかった。悲惨な内ゲバ、テロ、そして組織内のリンチなど、民衆とは遠ざかってゆくのである。

以上、近藤の後期の作品の展開を一部のみ紹介してきたが、前述したように、これ以後、作品は晦渋の度を増してゆく。このような転換の理由もすでに簡単に触れた。「後期近藤芳美論」の「序」とした意図もそこにある。

光と影とのウロボロス　沙羅みなみ歌集『日時計』

一　苦悩との訣別

『日時計』というタイトルが、読み手の眼にとても穏やかな感じを与えるのに対して、内容は矛盾や葛藤に充ちている。例えば、最初のページを開くと、

そうしなくてよかったのかはわからない。光は、けれど時おりそよぐ

で始まる。上の句の内面の煩悶、不安感。ある行為をしなくてよかったのかと、自己の不実行に自信がもてないでいる。自分に関わりのないことであったことをしなかったことまで、自分の責任として引き受けようとする姿勢がみえる。しかし、下の句で、「光は、けれど時おりそよぐ」として、心の中は明るく光に照らされている。曇った心の靄がなくなっていくように。ただ、この歌は、本歌集全体、すなわち結末を暗示するもので、そこに至るまでの作者の苦悩は相当深いものがあるようにみえる。

本篇は十五頁の「しんしんと時間がしろく降りつもりやがて消えてゆくまでを見ていた」という歌

から入ってゆく構成をとっているとと言うべきかもしれない。そこには、複雑な心象風景が見え隠れする。

てのひらに雪はつめたく心地よく境界線は引き直された
わたくしへ無数の白は向かいくるあなたの夜の真中に立てば

前の歌。「境界線」は雪の降る場所の境界線であり、その境い目が手のひらの上で移ったということであると思う。かなり省略を利かしながら、一首を引き締めている。

後の歌。これも題材は雪である。「無数の白」は「雪」であろう。それは、あなたの夜の夢には雪が降っているから自分に雪が向かって来る、と読むべきなのか。

深爪の人差し指をかばいつつ羊のように一日を終えぬ

夕暮れ時に囲い込まれるまで、牧草地に放し飼いにされる羊。そのようにして、私の今日は終わった。深爪の痛みを悟られないようにしながら。「羊」はここでは弱者を指すべきかもしれないし、従順な心の在り処を暗示しているのかもしれない。漂ってくるのは森閑とした情景と精神である。

さかさまの空にわたしを待つ羊どこにも行かずどこへも行けず

「さかさまの空」とは、空を地上と見立てているのだろうか。だとすれば、私が来るのを待っている羊たちは歩こうにも歩かず、どこかへ行こうとしても行けない。それは空中だから。「さかさまの空」「わたしを待つ羊」「どこにも行かず」「どこへも行けず」とどれも手触りのない言語が、何故か愛しさを感じさせる異空間の世界を醸し出している。

君逝きて雪ふりやまず私のてのひらに雪降りつもる

雪は真っ白に純粋であった君の追想であり、てのひらはそれを受けとめるために積もらせるのである。君の永遠の不在が今さらながら冷たい感覚を伴って甦ってくるのである。このように、雪は君の霊性を帯びている。しかも、この世には不在であるゆえに、果敢なく、冷たい。

垂直におちる言葉をつかまえてみたけれど飼うすべを知らない

「垂直におちる」は下方へと向かう。したがって、上方へ伸びる「直立する言葉」の対語＝否定的なフレーズ、それゆえ思考の中に入れても私から逃げ出してしまおうとする性向をもっている。だが、捨てるに捨てられない言葉に作者は魔性のような魅力を感じているのである。

二　二項対立の狭間で

多くみられる歌の形式として、肯定と否定、順接と逆接、こちらとあちら、あなたと私、鬱と躁など。歌集の中段になっても、作者は苦悩する魂に引きずられる。何かを訴えたいのだけれども、告げてはいけない精神の在り様みたいなものに囚われている。

ひとつずつ積み上げて来たつもりだが崩れるときは一瞬で、いい

一つずつ築きあげたものが崩れてしまう時は一瞬でいい、と言う。崩壊してゆくものが徐々に眼に入って来るより、一度に廃墟に化した方がよいと言う。未練たらしくない潔い態度だと言える。ただ、それは哀しみを抑制した上でできることなのだ。

枯れ庭へやわらかに降る陽があってそのおれんじに包まれていた

寂しく、ウエットな私を静かに慰藉する。枯れ庭に穏やかに降る陽、その光の「おれんじ」色に包まれていた。乾いた陽。その陽を「おれんじ」と言ったのは二つの点で意味がある。

一つは、ひらがな。ふつうは「オレンジ」だが、ひらがなにすることによって、柔らかで穏やかな雰囲気が出ている。もう一つは、一首全体に対する効果。日本風の陽だまりの風景が演出される。これは後半の、希望の見えてくるゴールへ向かっての転換点となる歌と読みたい。

それまでの、「ぼくを見つめる／ぼくは見つめる」とか、「けれど出会った／だから出会った」のような苦しみや、日時計は次のように詠われていた。

あざやかな影になりたしたとうれば夏の真昼の日時計ほどの

というように自己を負の方向へもっていった。最終部に至ると、

わたつみに浮かぶ日時計さびしさをもはや大地に射すことはなく

寂しさをもたらす日時計は、二項対立とともに海へ流れ去ったのである。そして、光と影は二匹の蛇のようにお互いの尾に咬みつき、両者とも滅び去り、消え去ってしまうのである。ウロボロスのロジックが残るのである。

（二〇一四年一月十七日、青磁社刊）

クオ・ヴァディス・ドミネ　桜木由香歌集『連禱』

読むほどに歌集の世界にひきこまれてゆく魔力。作品の中の死の世界が魅力的にさえ思える神的世界。以前、詩作をやっておられたと書いてあったが、まさに、短歌と詩を架橋したような心地がした。近藤芳美が「詩とは舟のあとにできる水脈《みお》のようなもの」と言っていたが、どの一首も、読むたびにそのような余韻を感じることができた。とりわけヘルダーリンのような宗教詩の香りがしたのは、詩集を読んだ身には懐かしい。かつて「東京歌会」に出ていた時に、「何を詠うか」というテーマをよく聞かされた。私は、この歌集には「生きる哀しみ」が展開されているように思える。

一　生きて思うこと

子どもらの去りたる広場ゆうぐれは水位のごとく蟬のこえ湧く

子供たちの去ったのちの広場の夕暮れに蟬の声が湧き上がってくる。子供たちのいなくなった非在の空間に代わって、蟬の声でそれを満たしてやるべき場所、それが夏の広場である、という認識が隙間を水で埋めるかのように伝わってくる。蟬の声だけが広場一帯を独占している。

あの黙《もだ》を分かたんものかひとすじの雲の瀑布へ群鳥むかう

あの沈黙の雲を分けたきものよ。ひとすじに垂れている雲の滝へ入ってゆく群鳥によって、右と左に。この白布のような音なき雲を裂くために、群鳥が入りこもうとまっすぐに向かっているのである。あの沈黙を破るために、沈黙を維持したままで飛翔してゆくのである。すべてが無声映画のシーンのように場面が展開してゆくのである。

磔刑を九月のそらは忘却し曇る夕べをひとは歩めり

この二千年の間、彼の磔刑を記憶しているのは空だけ。しかし、この磔刑が行なわれた事実を九月の空は忘れている。人々はそんなことなどなかったかのように、何も知らず、初秋の夕暮れを歩いている。誰かが死ぬと、贖罪の死などと言う人もいるが、死はその人の人生そのものの終焉であり、誰かのための死ではない。作者は、贖罪死はイエス一人でいいとし、人々がそれを憶わずに暮らしていても否定してはいない。

飯桐《いいぎり》の赤き実の房あまた垂れ主よいずこへと風に問うこえ

「主よ、いずこへ」（クオ・ヴァディス・ドミネ）は、ネロ帝の迫害から逃げる途中、天空のイエスにペテロが問う声であり、ペテロの従者の少年が聞いた声でもあるが、「風に問う」としたところが、歌を叙事から叙情へと転換させている。この歌のキーワードであろう。上句の「赤き実の房あまた垂れ」が錯綜した感じを出し、これからどちらへ向かうのかを問う序詞として生きている。が、上の句には言葉が詰まりすぎているような欠点も否めない。

いずこへも告ぐることなき苦しみを緋の折紙に折りて閉ざさん

苦しみを折紙に折って閉じこめようという。無論、精神的な苦しみであるが、「緋」の折紙ゆえに真っ赤な、火のように熱い苦しみを閉じこめることになる。女性の抱く特有の苦しみが作者を苛み、精神を痛める。そうであるからこそ、作者はその煩悶を閉じこめるのである。一人の悩める魂の行方が読む人の心にからみついてくる。

これらの歌、どれも哀しい。その哀しみの出所は、「雲の瀑布」「磔刑」「折紙」のように、表現上とても果敢ないものを用いているからだろう。だからといって、滅びへ向かっているのではなく、「生きる」ということを無意識の底に秘めているようでもある。

慚愧この胸にしあれば沢みずに一枚の葉の照りて永久《とわ》なる

恥じ入ることがあればこそ、胸に流れる清らかな沢水に一枚の葉だけが永久に赤面するかのように流れ漂ってゆく。私はこの歌を読んだ時、『新約聖書』「ヨハネ書8・4〜5」の「姦通の女」を想起した。周囲に向かってイエスは次のように言う。「あなたがたの中で罪のない者が、最初に彼女に石をなげなさい」（荒井献・佐藤研編訳）。人々はすべて去ってしまった。誰も倫理上・刑事上の罪を犯さない者などいなかったのである。したがって、私たちには一枚の葉が照りて赤く慚愧しているからこそ、胸にはそれを見て清らかな水が戒めとして流れているのである。

古書店の匂いまといきケンタウルスきみの外套《マント》にもぐりこみにし
銀杏は永遠疲労の外套をいまぬぎすてて冬の夕光

前者は追憶を力とし、後者は新しい樹皮に新生の心を託しているように思われる。

わが裡に生きつぐひとりまざまざとこの眸に見ゆるみどり歓ぶ

心の中に生きつづける一人の人。その人も作者の眼に見える緑を歓んでいるだろう。心の中の人は、作者には寂しいばかりではない。緑の映えるこの光景を見れば、立ち上がって歓ぶ直情的な精神の持ち主でもあるのだ。

って引用されてくる。

二　信仰と思惟

歌集全体に流れる作者の信仰の深さと思惟のひろがりを見る時、作者がキリスト信徒であることに気づくであろう。後半に至ると、はばかることなく聖書の中の出来事が、現実の生活の中で一体となって引用されてくる。

開け《エッファタ》と触るる手待てば半月はひかり増しきぬ紺青の空に

これは確かイエスがろうあ者の耳に指を入れ、それから指に唾をつけて舌に触れたあと、「エッファタ」（アラム語）と言った場面だと思う。すると、「その者の聴力が開け、舌の縛りが解けた。そしてきちんと話すようになった」（田川建三訳『新約聖書 訳と註』「マルコ書7・34〜35」）。こうした新約・旧約の知識が背景にあり、そのような聖者を待つ心情が澄明さをもって読む人の心に響いてくる。それだけでなく、ギリシア神話や西洋音楽に親しんでいる知性が、短歌という形をとると思惟性を帯びてくるところは天性のものと言っていい。

サンクチュアリほむらだつなりきさらぎの曙杉のならぶ対岸

聖域または教会が熱情で燃え立っているかのようだと言う。そこは、二月の曙杉の群れる対岸にある。自分にとって憧れの神域である。そこ以外に自分の在るべき場所はない。対岸は神聖な場所なのだ。すなわち、退路などなく、今いる場所で生きることから、あの場所を仰ぐように見ている。

窓つたう雨のいくすじ晩春のみずうみは白き調律のとき

外の雨は湖の水かさを増しているのだろうか、と言うことによって、やがて雨期の到来することを告げている。その水かさを（ピアノを）調節するダム湖を連想させる働きが、「調律」に象徴的に含まれているように思う。

たましいに色あらば緋色かもしれず春の畑にのぼる満月

たましいを暖色系である「緋色」と捉えたのは、作者の隣人愛・黄金律の実践から来るものかもしれない。人には他人を思いやる魂があるということを、身をもって知りえているのだろう。下の句の「春の畑にのぼる満月」でいっそうその感を強くする。

生きいそぐ地上のものら連禱の夏のこだまは石を孵さん

せかせかと生きる地上のわれわれ人間、それに対して禱り連ねる夏のゆったりとした魂のこだまは、化石の卵のような石をも孵化させる秘蹟を起こすだろう。スピード化する人間の生への文明批評的な歌とも捉えられる。

ゆだねんと沈黙すれば一滴の血のごとく葉がひるがえり散る
ごわごわとプラタナスの葉は落ちきたり祝祭とおくひびく夕風

「たましい」「沈黙」「祝祭」というような非在の世界をあくまでも形象化させようとする意志、そして技術、それを成し遂げる才を確かに手中にしている。

この歌集は、死者への鎮魂の禱りと、未来へ向けての遠い視線とが確かに魂となって、読む者を作者の信仰の世界へ導いている。

（二〇一一年十一月十五日、不識書院刊）

悲しみを量るシェーマ　佐伯裕子歌集『流れ』

メロディーを思わせるような調べは心地よい。だが、意味を取る時には立ち止まって、思考を要する。そうしないと、調べの良さに乗っかって、一首一首の大切な作者の認識や意図を見過ごしてしまうだろう。それゆえ、読みには繊細なフィードバックも要求されてくる。

一　現象としての生命

街は死を胚胎しながら点されるその明るさが可哀相でならぬ

街は死を孕みつつ、灯りを点される。その明るさは街が衰退した後も、ダイオードとして輝きつづけながら、人通りのない空間に放ちつづける。その索漠とした「明るさが可哀相でならぬ」という感慨を作者は抱く。この街は、今滅びるのではない。東京のどこかの喧騒の一隅が、いつかやがて廃市と化すであろうことを見通しているがゆえの滅びの情景なのである。長く栄える街であろうとも、いつかは衰微する。どこかしら無常観を感じさせる、果敢無い歌である。今、作者の歩いている街の表情は、過去の遠景に芥子粒のように小さく退いてしまうことを暗示させる。古代のポリス国家がそうであったように、歴史のはなやかな舞台から退場してゆく宿命を負っているのである。

昌平橋万世橋にもたれては流れるもののちから羨しむ

ここで、「流れるもの」とは、川・風という自然現象だけでなく、時代・時間・世相なども含むだろう。そして、その「ちから」をうらやましいと言う。流れるものの力とは、物象の基底にあって、上層に存在するものを他へ運び去ることを指すのであろう。作者は今、橋から運河の流れを見つつ、そう思ったか、また欄干に凭れながら現在に至るまでの時の過ぎ行きを、抗えない力をもったものとして痛感したのであろう。

学生として、日本のカルチェ・ラタンの入口に立っていた場所から、「今ここ」にいる時までの流れの力を回顧していたのかもしれない。ここまで変貌した自分を肯定し、その流れる時間の力を羨んでいる、現象としての自己。

この見えざる手＝歴史から誰も逃げられないことを、他の誰よりも強く激しく感じ取っているのだ。ここには感性だけで終わるのではない、歴史を思考する時の思惟の作用が伴っている。

究極のアキバヌードルひさぐとて入り口に呼ぶ光の炸裂

半風俗的な「アキバヌードル」の少女たち。指名されたりした店内にいる女性たちがカップヌードルにお湯を注ぐ。作者はそれを同性として耐え難き思いで見ている。「ひさぐ」とは、本来、「春をひさぐ」という用法からも、それがうかがえる。眩しい光を浴びながら呼び込みをする少女たちへの冷ややかな視線が、逆にその眩しい光に圧倒されそうでもある。作者は未知の時代の少女たち、男性たちに、知性の崩壊する予感を覚えている。

二　生きることと身体

紫陽花の重たき花を振りかえるわれの目玉の青いびーどろ

大意は、自分は青いガラス玉の目をもって紫陽花を振り返った、ということになろうか。穏やかで優美な歌人が、このような「目玉の青いびーどろ」のような即物的な歌を詠まねばならぬところに現代の悲しみがあり、作者の不幸があるのを見なければならないのは、苦痛でもある。ここには何ら余計な感情が込められていないし、義眼のようなガラス色の目の卑屈さも持ち合わせない。あるのは、「紫陽花」の色と、「青いびーどろ」を対比したような独特の美意識である。

仰ぎみる視線の湛える卑しさは見下ろすそれに劣るともなし

通常、我々は自分より下位の者を見下すのを蔑む。ところが作者は、自分より上位の者を仰ぎ見る側面に同様の感慨を抱く。我々が仰ぎ見るのは、我々よりも尊貴な存在である神とか、政治的・宗教的指導者とかであり、その時、仰ぎ見る者の裡には、崇敬の念と同時に或る卑屈さが内包されている。その「卑しさ」は、我々が下位の者を見下す視線と同じだという箴言めいたパラドクス的表現である。ここには、移ろいやすい民衆の性《さが》を愚かな存在と見做す冷めた観察眼が配置されている。それは過去の戦争時にあった権力者を仰ぎ見る眼と、どこか似通っている。この冷めた視線は位相こそ違え、「アキバヌードル」の歌と通じるものがある。

生きる意味が分からぬならば載せてみよ大天秤に春の臓器を

この大天秤に載せられるのは、生きる意味と臓器（生命）である。生命があっても、生きる意味がなければ、価値は低い。逆に生きる意味が分からなければ、ただ生きているだけの生命とかろうじて釣り合うだけだろう。その場合には、万物の躍動する春であっても、臓器の方が生きる意味よりも重くなったりするだろう。このように見ると、ヘビイなシェーマを軽やかなモチーフで詠う作者にとっては、例外的にヘビイなシェーマをヘビイなモチーフで詠っているように思われる。

以上のように見てくると、作者の作歌上の独自性が見えて来る。詠う対象だけが前面に出るのではなく、作中の〈我〉と〈対者（対象）〉の関係が、一首の構図の中で双方向的に向き合っているのである。文中での例歌を挙げると、「究極のアキバヌードル……」の歌は、少女たちを見ている〈我〉と、〈対象〉である「ひさぐ」者とが対置されている。また、「紫陽花の重たき花……」の歌は、〈我〉の目玉と〈対象〉である「紫陽花」が互いに引き合っている。

そして、もう一つの特徴は、先述のようにヘビイなシェーマを軽やかなモチーフで詠みこむ技をもっていることである。例えば、「昌平橋万世橋に……」の歌は、時間という重たい主題を軽快で、滑らかなリズムで詠みこんでいる。歌集『流れ』は時代という重たい背景を見据えながら、流麗な文体を駆使して構成されていると言えよう。

（二〇一三年二月二十日、短歌研究社刊）

歩み出るビュリダンの驢馬
沖縄と本土の狭間で

玉城寛子歌集『きりぎしの白百合』

この歌集に内包されているテーマは、小さき者・弱き者に対する優しさと受け止めることができるであろうか。冒頭の東日本大震災での被災者への視線、家族への愛、自身の病との闘い、危険な基地を我が物顔に使いつづけるアメリカと、それを容認する政府への怒り、そのどれもが作者のヒューマニズムから発せられている。しかも、そのヒューマニズムは甘いものではなく、筋金入りの揺るぎない信念に支えられているものである。このヒューマニズムが歌集全体を貫いている縦糸とするならば、作者の来歴や沖縄の地上戦を含む苦難の足跡を横糸として、この重厚な一冊は紡がれているということができると思う。

一　東日本大震災の歌

男らが生きていたかといだきあう戦災のごとき瓦礫の中に
雪の夜を毛布一枚の被災者へ沖縄《しま》の陽とどけたし天使に託し
目に見えぬ死の影しのび寄り来たる双葉町には犬よぎるのみ

一首目。「生きていたかと」というフレーズで、いかに深刻な津波であったかが推測され、「第二の敗戦」と言われるほどの惨状の中での男同士の抱擁が、生き残ったという実感を伝えている。こまかい点を指摘すれば、「生きていたかと（いうように）いだきあう」のように構成すべきところであろう。そうでないと、「お互い生きていたか」という会話をその場にいないのに、直接聞いていることになるからである。

二首目。「天使に託し」で、何が何でも被災地のために奉仕したいという作者の強い感情が、沖縄に住む者にとって為しうることは何かと問いながらの思いとともに、やわらかく読む者に伝わってくる。また、沖縄の基地の害悪をも現実に体験しているゆえに、「戦災」のような惨状も実感として共感できるのだろう。温暖な南国沖縄の強い日射しを雪の降る被災者の元へ贈ってあげたいという思いは、叶わないゆえに神の御使いの「天使」に託したいという気持ちなのだろう。

三首目。ゴースト・タウンと化した、放射能汚染の町。作者が凝視しているのは、たぶんＴＶの映像であろう。緊急避難区域に指定された双葉町は、人影もなく、飼主のいなくなった犬がうろついているだけの不気味な沈黙の空間となってしまった。「死の町」にしてしまった者へのやり場のない憤りが背後に潜在している。避難者たちの思いはもっと深く、重いのは言うまでもない。

二　沖縄の地上戦・沖縄の基地

夜の明けぬ村にヘリパット造らんと闇にうごめくブルドーザーは

オスプレイ基地のためのヘリパットを、住民が寝ている間に造ってしまおうとして、抗議行動の起こらない夜中にブルドーザーを動かしているのである。日本政府はこの基地建設の同意をアメリカ政府に与えている。事は米軍の思惑どおりに動いているのである。もちろん、オスプレイは移動するから、欠陥機と言われていても、「普天間」へも飛来して来るのである。過去に数度も墜落事故を起こしながら、同じ過ちを防ごうともしないのである。人命に関わることでありながら、淡々と響く機械音だけが夜の村に響きわたっている。伝聞によって、作者はそれを想像したのであろう。

悲しみを負い来し嫗の小さき背語りかけつつ「礎」を撫づる

嫗が「平和の礎」に語りかけつつ撫でているのは、おそらく慰霊の日のことであり、地上戦で犠牲になったのは自分の係累なのであろう。そのような「嫗の背」が、慰霊の日には多く見られるのであろう。そうした彼女たちが高齢化している現実に、沖縄戦が語り継がれていかれるか否か不安もあるであろう。嫗の内面が、「語りかけつつ」「撫づる」によく表現されている。

いっせいに万余の骸が起きあがり「命ど宝《ヌチドタカラ》」と叫ぶ幻影

なぜ骸が起きあがるのか。それは日本政府がアメリカの基地を沖縄に集中させ、地上戦で多くの犠牲を強いた（集団自決に「軍命」があったとする判決もある）にもかかわらず、さらに現在以上に状況を悪化させようとしているからである。作者には、亡き人たちが「命こそ宝だ」と叫んでいるように思えたのである。

沖縄を「悪魔の島」と呼び交わすベトナム人に爆撃の基地は

これらの沖縄の基地の歌は、日米安保の矛盾がすべて沖縄に押し付けられていることを、詩で告発しているものである。

近藤芳美は、「怒りを叙情とせよ」と時に口にした。本土の人たちは、「平和国家日本」と信じているか、戦争にはまったく関わっていない日本と思いこんでいるかどちらかだが、沖縄の人たちの目の前には、かつてのベトナムやイラクやアフガンへ行って、人を殺してくる兵士や戦闘機が存在しているのだ。「平和国家日本」などという嘘を知っているのは沖縄の人たちであり、本土の一部の人でしかない。

この歌集はその現実を詠い、これでいいのかと読者に問いを投げかけている。作者は、韻文によって、日本の内部の矛盾を抉ることを成し遂げたとも言える。ここで抄出した基地の作品は、作者の熱い思いのこもったものが少なく、冷めて見ているものが多いため、作者には不満かもしれない。しかし、その方が逆説的だが、作者の怒りや憤懣が底ごもって存在しているように思われるのである。

三　家族の絆・病との闘い

沖縄は、家族の絆・血族の相互扶助の意識が高く、交際の密度が濃い人たちの社会であるとも言われる。次のような一連の作品から作者の生活の様子がうかがえる。

額より汗したたらせ真昼間を吾のシャワーを介助する夫
病む身とて面明るめば癒ゆるらん手鏡に向きルージュ引く朝
車椅子の速さとリズムに押す夫の顔は見えねどこころは見ゆる
生の涯にたちいるごとき胸の痛みゆめ崩《く》ゆるなかれわれのたましい
七十歳《ななじゅう》まで命下さい主治医《いし》へすがる為すべきことの道半ばにて
授業へとひた走りゆく夢醒めてうつつはさみし車椅子の身
病などさらりとほどき野の原を素足で駆けたき車椅子《いす》に見る夢

一生懸命に作者を介助する夫君への感謝の念。車椅子を押す夫君のこころは優しさと愛情に満ちていることだろう。「七十歳」と言わず、八十歳、九十歳までも長生きしてほしい。強い精神力と楽天的な明るさをもつ作者の、「ルージュ」を引く姿がとてもほほえましく感じられる。仕事をしていた時の夢から病という現実に帰る時の歯痒さ、空虚感は私にもよく分かる。けれど、作者は次のような歌の世界に憧れているのではないか。

手を添えて酔芙蓉の花見つむればはじらうようにほのかにゆるる

病の身を癒やしてくれるのは、季節ごとに咲く色とりどりの花なのである。花を愛でるように、杖をもって花の前に佇んでいる作者の姿が浮かんでくる。琉球小スミレ、月桃、ラベンダー、ポインセチア、くちなし、ブーゲンビレア等、さまざまな花が頻出する。しかし、現実はそれを許さない。

危うきはきりぎしに咲く白百合の九条われら声あげ守らん

まさに憲法第九条は崖っぷちに咲く、いつ散らされてしまうか分からない清らかな花。この花が日本という国にとって、とても大切な花であることを改めて認識させられる。一人一人が声を上げ、立ち上がらなければ守れないのだ。作者は本土と沖縄との二つの飼馬桶の間に立つ驢馬のような悩みを抱えてはいるけれども、それを乗り越えての、沖縄発日本国本土へのメッセージなのである。

（二〇一一年九月二十五日、ながらみ書房刊）

憂愁あるいはアキレスの腱　浅野美紀歌集『ムスカリの咲く』

これは、読んで気づいたことを四つの視点から述べたノートである。まず初めに、厳しい批評を、という要請に基づいたことを断っておきたい。

一　歌の技法

（1）擬人法を多用

薬学部のキャンパスあわく昏れそめて薬草のかすかささやき始む
息をせぬ造花のように黙しつつ初夏のつり橋わたりゆくなり
鏡にはつかれし自分映りいてまばゆき五月の小さき闇くる
うすもものヒヤシンスガラス越しの陽にはにかみて甘き香を放ちたり

（傍線、今井）

心象と実景を重ね合わせるという効果があるが、その境界が曖昧になり、工夫に無理のある歌もある。たとえば三首目の下句（四・五句）、一見、意味が不明瞭になる。しかし、作者の言いたいことは、まばゆいはずの五月の小さい闇。これが上句の倦怠感と呼応している。鏡を見ているうちに、まばゆいはずの五月にうす昏い影が心に兆してくる。「小さき闇くる」に無理があるように思える。「薬草」がささやくのも、「ヒヤシンス」がはにかむのも、同様に、二首目の「息をせぬ造花」の歌にも読みに迷いが生じる。

ただ、この擬人法は紫式部が和泉式部の歌を評したように、「をかしきひとふし」があると言うべきだろう。「をかしきひとふし」は他にも、「時のうつわ」、「砂時計ではかれるほどの時間」、「晩夏の箱」等の歌にもある。詩的フレーズである。

（２）助詞の省略

透きとおる雪の結晶　手にのせて君はしずかに春さがしおり　（を）
撞木町《しゅもくちょう》白壁　おしゃれな街となり父と歩きし雪の日とおく　（の）
向山の二階　書斎に通されて窓にきらめく若葉を見し日　（の）
（一字空け、今井）

「一字空け」を私が恣意的に設けたところに、ページ下の（　）内の助詞を入れるべきではなかろうか。助詞を入れるべきところに入れていないので、歌がポキポキ折れてしまっている。主語の助詞は省略してもよい場合があるが、そこに気をつけるべきだろう。

二　主婦像

真夜ふかくバスタブ白く磨きおり訳もなく流るるなみだ　春なり

理由なき哀しみなのであろうが、演じているかのような印象を受けてしまう。ドラマや小説で既視感がありすぎるせいだからであろう。

無防備なかたちに眠りゆくわたし夜風に春がなだるるときも

どんなかたちなのか想像するが、下の句がエロスの方向へ行くのを拒絶する。「春がなだるるとき」で、あくまでも端正な叙情の中での姿態を維持している。演技しているのではないと感じる。

雨のあとさんざしの紅き実に光る小さき雨滴にこころ寄せゆく

小さなもの、微小なものへも目を向ける繊細な心を持った人。

考えてもこたえなど出ぬ高く澄む空にこころを投げ出している

もしこの歌がけだるさを出すことを意図しているならば、「こころ」の代わりに「身体」の方がより生きてくるのではないか。しかし、作者は清澄な世界を目指しているようである。

樹々の芽の眠りほどいて降り続く雨音にひと日つつまれており

風渡りせせらぎに青葉散りゆくを主婦というだけの私が見つむ

家庭の主婦という自覚をもっている。それを寂しいものとする。こう見てくると、ある主婦像が浮かんでくる。都市生活を送る家庭の女性の日常、憂愁の思いの中で過去の過ぎ行きを思い、現在の満たされない感情に生きる。物憂い心の世界を展開している。そのため、厨歌ではなく、心の風景を詠う。

三　時間

全体を通して時間の流れが止まっている感じを読者に伝えている。

はつ夏に水色のシャツひるがえし東京に馴染む君をいとしむ

クッキーのかけらを頰につけしままおさなご眠る初夏の木かげに

移ろいゆく季節の中で、私の思いはいつまでも近いところにある。私という存在は時間の過ぎ行きとは無縁であるかのように。社会的事象を一切詠わないという姿勢も関係がある（わずかに被災地の語の入った歌が三首あるのみ）。

四、叙情

叙情歌には、フォルムの美しさに伴う「淡さ」というアキレスの腱がある。美的表現が内包する形象的輝きの反面としての、訴えの力の弱さである。作者も、その点は自戒していると思う。

去年母の病室に枯れしラベンダー花芽つけおりむらさき哀し

八階のティールームより見し夜景ゆうぐれのテイルランプはかなし

かろらかな春風なのにさらさらと崩れるような憂いふくみぬ

心もちの良くなる歌だが、すーと通り過ぎてしまう。これが「淡さ」なのだと思う。「哀し」「はかなし」「憂い」が多いけれど、和泉式部的な煩悶にまでに至っていない。近藤芳美は和泉式部を思想詩の歌人と捉えている。それは内面の葛藤を抉り出しているからである。
私は次のような歌をより肯定したい。

風のなかをゆっくりと歩く樹も草も冬のオブジェとなる静けさに

なぜこれが心に残るかというと、心情を詠むだけでなく、「樹も草も冬のオブジェ」という発見があるからである。殺伐とした冬景色であるはずの街が、「オブジェ」で豊穣な世界へと一変する効果を生み出している。

木犀の金の粒子の散り落ちてこの道は澄みし季節に向かう

金の粒子の「散り落ちて」という写実が効果的に生きている。この小さな物を見る眼がとても大切だと思う。読後感として、清潔感のある静かな世界の作品群であるという思いがした。
かつて同じ「近藤選歌欄」にいた者として、多くのものを求めると同時に、気やすさから不躾けなことを言い過ぎたかもしれない。だが、想い起こしてほしい。近藤芳美が「歌会は泣いて帰るものだ」と言ったことを。だからこそ、作者の作品には「詩」があるのだ。
人生の「はかなさ」「憂愁」を感じる世代に入った作者の第三歌集である。

（二〇一三年八月十一日、砂子屋書房刊）

修辞とシュール　大木孝子句集『あやめ占』

『あやめ占』は高踏的であると同時に、重層的な構造を有する句集であると言えるだろう。それゆえ、作者は読者に妥協していない。句の展開が意表をついて、その狙い処を把握し難い作品もある。ボールは読み手の側に渡されてしまい、後はそれをどう投げ返すか、作者はそのことを楽しんでいるかのようにも思える。したがって、批評をするということは、こちら側が試されている恐さを覚える。次のような作品に、達観した気高さと深さを見ることができる。

手をつなぎ見る假の世の白魚舟
今にしておもへばなべて祭めく
晩鳥の前世の匂ひもて飛べり
にほひなき不犯の生や浮氷

掲出句の「にほひなき不犯の生」とは、罪を犯して来なかった自分の人生を、匂いのない味気ないものと受け取った。この句を読んで、歌人坪野哲久の「われの一生《ひとよ》に殺《せつ》なく盗《とう》なくありしこと憤怒のごとしこの悔恨は」を連想した。
以下、この句集の特徴を作品を抄出しながら記してゆきたい。

飴となるまでさめざめと霜を煮る
天の川どの星に鉤掛けやうか
吊鏡ミモザの夜を掌握す

普通、「さめざめと」は「泣く」にかかるはずであるが、「煮る」にかかっている。さめざめと泣きながら煮ているのではない。さらに「霜」を煮ているのである。これはもう、奇想というしかない。このように、「泣く」という予定調和を破る破壊の力と修辞の緻密さが、先ほど述べた重層的な深さと言える。

二句目の、「星」に「鉤」を掛ける発想も同様だろう。本来ならば、星は仰ぎ、願をかける対象として手の届かぬ神聖なものとして存在するからだ。その星に鉤を引っ掛けるという。三句目の、「吊鏡」が屋外の夜のミモザを映している状況を、「掌握す」と表現している感覚も鋭い。

春や春いなづまあるきしてみたり
歯神經殺してきたり櫻蘂
月光をいま袈裟懸けに老槐

太棹の一音炎暑ぶつちぎる

剛毅な男性のような詠いぶりも特徴の一つだろう。

一句目は、酔漢が歩くような無頼さが滲んでいるともとれるし、フランス・デモを真似しているような破滅に向かう姿ともとれる。二句目は、「殺してきたり」が快感とも受けとれるパラドックスを内包している。三句目は槐の枝が月光を遮ったのをこう表現したのだろうが、この句からは意志の強靭さが顕ち上がってくる。四句目も同様に、男性的詠嘆である。理知的な句の多い中で、情念の深さを感じる作品であり、読む側としては畏怖さえ生じてしまうのである。

次に、作者が初期の頃から資質としてもっていた抒情を取り上げてみたい。

さくらさくら水晶體を磨かむか
春風に聞く中空の觸れごこち
赤きロザリオ空に翳さむ小鳥の死

清涼感のあるこの抒情質の句は、私の好むところだが、作者はもっと遠くへ進んでしまった。しかしなお、こうした西洋的エキゾチシズムが基底にあるが故に、高度な技を駆使できるのであり、着地点として帰ってくる場所である。「水晶體」のキラキラとした輝きと透明さは、句全体を澄明にしている。

また、「春風」を擬人化した手法も味わい深いものがある。「小鳥の死」を悼むために「ロザリオ」を翳す句は、中世のトゥルヴァドゥール（吟遊詩人）を想起させる。

最後に、自己愛の強さとナルシシズムもこの句集に流れている特徴に数えられよう。

われいつか童形裸身花ふぶき
蚊帳吊草今宵は髪をざんばらに
剃身屋の女房もいいなあ銭葵
いざよひや鏡のそとへ梳る

自己を愛する者は他者をより深く愛するという人間の心理は、生存の上での法則に適っているのかもしれない。一句目は少女期の自身の肢体への回想であろうか。まさに「花ふぶき」がふさわしい。二句目は髪を「ざんばら」にすることによって、妖艶さが色濃く際だって来る。三句目、手放しで「剃身屋の女房」になりたいとの願望を吐露した後に、「銭葵」を組み合わせたところが妙。上句は「愛」を、下句は「銭」をというように対比させ、「愛」だけでなく、「銭」への欲望を覗かせる点で、或る年代の作者であることを再確認させるのである。四句目は、長い髪を梳く背中が、浮世絵の世界に描かれているような錯覚さえ起こしそうである。それは、「鏡のそとへ」という語彙の力であろう。鏡に収まり切らない長い髪は、エロティシズムでもある。

以上のように、俳句が一人称の文学だとしても、作中の主体はまるで自由に奔放に精神の遍歴を展開している。そして、作品の一つ一つに厚み、ふくらみがあり、大柄で骨太である。この句集には、俗語や会話体の導入、独特な修辞の手法、シュールな表現（「霜を煮る」など）等々が駆使されている。それはこの句集を深く高くしたと言える。修辞と言ったが、それらは飾りではなく生きた心を表わすことに供されている。そして、それだけ人間の内部の核に肉迫しえていると言えるだろう。

（二〇〇六年九月三日、槐書房刊）

デリダへの反逆　荒牧三恵歌文集『八月の光』

初めに辛酸があった。辛酸は人生の始期とともにあった。始期は叫びによって成った。成ったもので、叫びによらずに成ったものは何一つなかった。しかし、叫びの内に言葉があった。そこに歌への出発が用意されていた。

ここにあるものは、もはや歌にとどまらない。魂から滴る血の撥ねる音と言うべきだ。ページを繰りながら、その作品世界に入ってゆこうと思う。

日々小さく豊作のみを恃みいて一生終わるか牛を追いつつ

連日、わずかな豊作だけを頼りにして、朝から夕まで過酷な稲作をつづける若き農婦の姿である。自分の人生はこのまま終わってしまうのかという絶望にも似た気持ちは、肯うことのできない現実があるからである。労働の後の疲れを癒やす家庭の団欒があるならば、翳のような思いは脳裡を過ぎらなかったであろう。その現実が今の自分を反照して、いっそう虚しさを掻きたてている。鈍重な牛を懸命に追い立てている光景は、まして切ない。

自らの頭を打つごとくわが影のみじかく映る土に鍬打つ

毎日の単調な繰り返しの農作業の中での一場面である。厳しい日射しにうたれ、おそらく汗みどろなのであろう。「影のみじかく」が暗示している。「わが影」の「自らの頭」を鍬で打ち砕くという激しいまでの行為の中に、全てを否定し、何かの軛を断ちきりたいという、つきつめた自裁衝動を見てとることができる。それは禁忌であるが、それさえも破らざるをえなかった予告でもある。

髪つかみ引き据えて言う服従を誓え誓えと呪文のごとく
眠る子の耳に声なき声に吹くおまえの父を刺してもよいか
薬呑みて得しその眠りただ暗き空間にしてわれを棲まさぬ

戦後も日本各地の地方の農村に、まだ古い因襲の残存していた頃のことである。子の父、すなわち夫を殺したいと思うに至るほど、夫から激しい暴力を受けつづけていた。ここまで追いつめられた母の憎悪の心情を、子は何も知らずに眠っている。母と子の外見だけは平穏な情景と、父を殺してもよいかと心で呟く残忍な言葉の対比が、読む者の悲痛さを増幅させてゆく。絶望の果ての服毒による眠りも、作者を冥界には棲まわせなかった。

そしてこの後、夫の暴力から逃れるため、愛する二人の幼い子供を捨てて棄郷するのである。向かう先は、近藤芳美のいる東京であった。

酒酌みて生くる職場を貶めてふふと嗤ったあなたは詩人

酒場の女給という仕事や女給を蔑視する本音が、「ふふ」と嘲う態度に出る。相手が富める成金や金儲けに走る企業家なら、まだその嘲笑に耐えられる。しかし、自分を嘲った相手は、肩書きや財産とは別の世界に生きるべき詩人なのであった。人の機微を感じ、職業の貴賤を問わないと信じていた詩人という存在さえもが、女給を見下していたのである。自身は、世の中の現実を思い知らされたと同時に、詩人にも幻滅を感じ、相手を射抜く心の眼を光らせたのだ。

過去告げて去るとも耳朶にほのぼのと溜めおく求婚されし戸惑い

その人自身の過去を告げて求婚してきた人の声が、残響のように耳に残るのを溜めおきながらも戸惑う。男性は別れた妻のいることを真摯に告白したのである。それだけになおさらこの戸惑いは深い。心のどこかで、残してきた子供たちのことがその思いをいっそう深くする。だが他方で、自分は人生をもう一度やり直せるとも思う。まだ自分は若く、男を魅了する側面のあることをあらためて認識し、発見したことへの畏れ。自分も女であることを内深く自覚した一日であったであろう。

かいだきて眠る八月まなうらに爆ずる光を須臾に見しかな

歌文集の題名は、この歌から採られている。夏の眩ゆい日射しなどというロマンティックな歌ではなく、原爆に関わる社会性を秘めたタイトルなのである。

八月に、自らの胸を抱いて眠っている眼裏に爆ずる光とは、八月六日の広島の、忌わしい原爆の炸裂する閃光であり、夢の中でその光をしばらく見ていたという。広島に住み、生活し、働き、広島の人々と接する中で、作者自身も夢の中で被爆を追体験したのである。

しかし、それにとどまらない。この出来事を心に刻んでおかなければならないという、人間への戒めでもある。このことは、現実に核戦争があったことを確認している。ところが、ポストモダンの代表的哲学者デリダは、「核戦争は起きていない。それは寓話や創作がそれ自身の場を作ったり、あるいはそれが起こるのを避けるために作られるという意味において推測であり、創作である」（小田実『HIROSHIMA』へ寄稿したジョン・W・トリートの引用）という。そういうことを念頭に置くならば、作者はデリダへ反逆しているのだ。

羽ばたきて水に立ちつつ餌にむかう白鳥の美しき獰猛を見つ

自然の風景を見るときも、作者には存在するものの酷さが眼に映ってしまう。餌とは小魚なのか。美しい白鳥、汚れを知らぬかのような白鳥でさえ、生きてゆくためには食ってゆかねばならぬ。それは弱肉強食の論理の支配する世界でもある。「美しき獰猛」という形容矛盾のような対比的フレーズが、白鳥の美しさと同時に白鳥の獰猛さをも際だたせるのである。それを呆然と見つめる作者がいる。

　ここにあらば投げてもみたし火炎瓶を道化めく円形の政治舞台に

　ここに詠みこまれている気持ちは、今の私たち弱者、プロテストする者、ラジカリストと同質の抵抗者の姿勢である。民意とかけ離れたところで行なわれる茶番政治に対して誰もが抱く感情であり、良心と心中する激しさであって、一つの時代を象徴しながらも、今の政治状況に対するリアクションの心情にも通底する。

　最近、ドローンを官邸屋上に飛ばした人物が逮捕されたが、人々が心のどこかで何故か共感を覚えるのも、馴れ合い政治や政権の横暴さに日頃の憤懣がうっ積しているからだろう。そういう意味で、この作品はガスを探知したカナリアの啼き声でもある。

　本書の後半はエッセイ集である。鋭い批評眼が印象に残る。二点、とり上げたい。

まず第一に、短歌に対する歌人の態度についてである。「人と作品の関係において、歌は個人を超えて文学作品として独立して評価すべきだとの意見も聞く。要するに作者の生活態度がどうであれ、文芸としての作品が完璧ならいいのだ、というほどの意味であろうが、もしそれが正当なら、歌人の「歌う」という行為の源泉は一体なんなのか」と、文芸至上主義に強い疑問を呈している。これは古くて新しい問題であるが、作歌主体と作中の主体の分離を潔しとしないように見える作者にとって、作歌とは巧拙ではなく、作品内容に重きを置くことが重要なことなのである。

第二に、「歌人にとって戦争ってなに?」をテーマとする、あるべき短歌の方向についてである。「殺戮を抜きにして戦争があり得ない以上、殺戮から目をそらして真に戦争は語れまい。いわんや、文学の次元で語れるはずがない」。そして、「歌詠みが「韻を踏んで」、どう語るというのだろう」とも。

作者にとって文学が微温的に感じられるのは、このようなところに窺い知ることができる。噛みしめるべき言葉である。そしてなお、「極悪犯罪の戦争をさえ抒情詩の領域に組み込んで」しまうことを肯定しえない作者は、短歌と訣別した。デリダへの反逆を貫徹したと言ってよいだろう。しかし、文学の使命を考える私は、「怒りを叙情とせよ」と言った近藤芳美の言葉を忘れることはできない。

(二〇一四年十一月二十五日、北冬舎刊)

あとがき

本書は、「第一部」の「時評集」と、「第二部」の「批評と書評」とからなる。

「第一部」について言えば、「時評」がその時どきの事象を評することに終始したならば、ファドに堕してしまうと思われる。短歌作品そのものだけでなく、作品の背後にある本質を見極め、人間と歴史を見据えるという視座に立たなければ、本当の意味での「時評」にも、そして〈短歌史〉にもならないと確信している。

そういう意味で、作者が本質的に何を表現しようとしているかに思い及ぶべきだという帰結になるであろうし、同時にそのことが「時評者」に求められるであろう。文学は、韻文・散文を含めて、「何」を表現しようとしているかが先行する点で繋がっていると考えるからである。

かつて近藤芳美から、「たとえ短歌であろうと、文学とは、本当は心の愛惜としてうたい続けて来たものへの訣別の彼方にひろがる、荒涼とした現実の曠野の中にこそあるはずのものだからである」と叱咤されて以来、時代の流れの中にある核となるものを見定めることが、私の短歌観の骨格を形成してきた。

「時評集」は、二〇〇六年から執筆を開始し、二〇一五年までを区切りとした。「時評」が、近藤芳美から始まり、近藤芳美で終わっているのも、何か象徴的であると思っている。「第二部」には、後期の近藤芳美に触れた文章を入れた。前期から後期への近藤芳美の移行期について述べたものであり、まだ多くは論じられていない『遠く夏めぐりて』を糸口とした。

そのほかの「書評」については、私が所属する「未来」短歌会の仲間たちの歌集評と、句集評を収載した。歌集評は、これらの著者を採り上げることによって、大きな実験劇場の場でもある「未来」の多様性を示そうとした。句集を論じたのは、歌人にとっても大いに刺激される要素のある作品群であったという理由による。

本書は、「十年」という時の流れの中での〈短歌の思想史〉を理想とした。短歌は、目の前の事実を詠うという側面を本質的に有している「小」詩型ではあるが、事実の背後にある不可視な精神を、あるいは事実に託す思惟や思想の大いさを、受けとめるべき器だと思うからである。

書名の『無明からの礫』には、まだ悟りを開ききれていない私が、小さな礫ではあるが、「器」をめぐるディスクールに対して苛立ちを込めて力いっぱい投げつけたという、伝法な語気を表わしたかった。この危機の時代に立ち向かう心ある方たちに、少しでも響くものがあるとしたら幸いである。

「時評集」は、連載中、病気がちな私の原稿を辛抱強く待ち続けてくれた「開耶」の故・槇弥生子主宰の温かい心遣いにあずかっている。心からの謝意を申し上げたい。

そして、本書を近藤芳美先生に捧げたい。先生の没後十年目の、この二〇一六年に墓前に報告して、わずかなりとも恩返しとなるのであれば、私の幸せとするところである。

なお、本書成立の過程で、北冬舎の柳下和久氏と忌憚のない意見のやりとりがあった。厚く感謝申し上げる。また、引用資料の照合を丁寧にしてくださった長谷川智子氏、煩雑な「索引」を丹念にまとめてくださった船場みどり氏、乱雑な文章の校正に苦労してくださった久保田夏帆氏、新たなるものへの予兆を感じさせる装丁に仕上げてくださった大原信泉氏のみなさんに、深くお礼を申し上げる。

二〇一六年一月十五日

今井正和

人名索引

［あ行］

［か行］

［さ行］

［た行］

[な行]

[は行]

[ま行]

［や行］

［ら行］

［わ行］

書名索引

[あ行]

[か行]

[さ行]

[た行]

[な行}

[は行]

[ま行]

[や行]

[ら行]

初出一覧

一　時評集２００６年－２０１５年

季刊「開耶」８号（２００６年10月発行）－42号（２０１５年４月発行）

「反核文学の回顧と展望」（２０１５年７月）未掲載

二　批評と書評

思想詠の地平　季刊「砦」22号（２００６年４月）、26号（２００８年４月）、27号（同11月）

光と影とのウロボロス　２０１４年４月　書き下ろし

クオ・ヴァディス・ドミネ　２０１１年12月　書き下ろし

悲しみを量るシェーマ　２０１４年６月　書き下ろし

歩み出るビュリダンの驢馬　２０１１年10月　書き下ろし

憂愁あるいはアキレスの腱　２０１３年12月　書き下ろし

修辞とシュール　季刊「野守」夏号（槐書房）　２００７年５月

デリダへの反逆　２０１５年９月　書き下ろし

＊北冬舎の本＊

著者略歴
今井正和《いまいまさかず》

1952年（昭和27年）、埼玉県生まれ。76年、早稲田大学法学部卒業。82年、同大学院研修生（島田信義教授指導・資本主義法思想）修了。87年、「未来」入会、近藤芳美に師事。91年度「未来年間賞」受賞。一時、同人誌「砦」に参加。06年、「開耶」入会、15年、退会。歌集に、『樹の掟』（93年、砂子屋書房）、『木洩れ日の声』（96年、同）、『天路』（2000年、同）、『聖母の砦』（05年、同）、『野火』（09年、同）がある。現在、神奈川県立高校の倫理・政治経済・時事問題研究講師。

住所＝〒195-0074東京都町田市山崎町2200-3-15-304

無明《むみょう》からの礫《つぶて》
2006 - 2015

2016年6月21日　初版印刷
2016年6月30日　初版発行

著者
今井正和

発行人
柳下和久

発行所
北冬舎
〒101-0062東京都千代田区神田駿河台1-5-6-408
電話・FAX　03-3292-0350
振替口座　00130-7-74750
http://hokutousya.jimdo.com/

印刷・製本　株式会社シナノ

ISBN978-4-903792-59-3　C0095